canim-verlag

Über die Autorin

Hinter der Autorin Michelle Schrenk steckt eine 1983 geborene Wassermannfrau, die es liebt zu träumen und es hasst, Zwiebeln zu schneiden. Sie wohnt in der Nähe von Nürnberg und hofft, ihren Leserinnen und Lesern mit traumhaften Geschichten Glücksmomente zu bescheren. Ihr ganzes Glück besteht aus ihrem Mann, den beiden Kindern und ihrem Hund. Mit ihren bisher erschienenen Romanen sowie drei Kinderbüchern hat sie sich ihren Traum vom Schreiben erfüllt.

Besucht mich im Internet auf:
www.michelleschrenk.de
Oder trefft mich auf Facebook:
www.facebook.com/MichelleSchrenkAutorin

Michelle Schrenk

Weihnachtswünsche

und andere Katastrophen

canim-verlag

2. Auflage, 2018
Canim Verlag, Nürnberg, www.canim-verlag.de

ISBN 978-3-942790-38-3

Danke an alle Partner, ohne deren Unterstützung dieses Buch nicht möglich gewesen wäre:

Idee und Text:
Michelle Schrenk, www.michelleschrenk.de

Cover-/Umschlaggestaltung:
BUCHGEWAND | www.buch-gewand.de
Fotos: © depiano / fotolia (2 Stück), © art_of_sun / fotolia, © crtreasures / fotolia, © Ilya Chalyuk / fotolia, © Oleksandr Dibrova / fotolia, © roman4 / fotolia, © vectorfusionart / fotolia, © ecco / fotolia, © mozZz / fotolia

Lektorat und Redaktion:
Susanne Jauss, www.jauss-lektorat.de

Die Handlungen und Figuren in diesem Roman sind frei erfunden. Ähnlichkeiten oder Namensgleichheiten mit lebenden oder bereits verstorbenen Personen sind rein zufällig und nicht beabsichtigt.

Der Text des Eröffnungsprologs zum Nürnberger Christkindlesmarkt stammt von Friedrich Bröger (Quelle: Christkindlesmarkt.de).

Weihnachtsmotive im Innenteil des Buches: Schriftart Xmas Clipart von GemFonts (Quelle: www.dafont.com)

Für alle,
die an Wunder glauben

Hört, was euch das Christkind sagt

Ich hasse das Christkind, ich hasse es so sehr! Und überhaupt hasse ich das alles hier! Diesen blöden Weihnachtsmarkt, auf dem alles leuchtet und wo überall diese schreckliche Musik dudelt.

Gut, ich muss eines zugeben: Hätte dieses blonde Flittchen, das ausgerechnet in diesem Jahr das Nürnberger Christkind spielen darf, mir nicht vor ein paar Monaten den Freund gestohlen, würden bei mir vielleicht doch auch vorweihnachtliche Gefühle aufkommen.

Besonders ist dieses Spektakel, die Eröffnung des Christkindlesmarktes, ja schon. Eigentlich ist es auch eine lieb gewonnene Tradition von meiner Freundin Milly und mir. Aber ab und an sollte man wirklich mit Traditionen brechen.

Ich nehme einen Schluck aus meinem grünen Glühweinstiefel, lasse den würzigen Geschmack des heißen Weines auf mich wirken, um das Ganze hier einigermaßen zu überstehen und die bösen Gedanken in mir zu vertreiben. Von wegen Besinnlichkeit. Pah! Ich verziehe das Gesicht, als ich die Menschen um mich herum betrachte. Da ist plötzlich so ein Glanz in ihren Augen. Schrecklich.

»Ich fasse es nicht, dass ich das für dich tue. Im Ernst, du schuldest mir eine Million Gefallen, das ist dir klar, oder? Mit dir zu diesem blöden Christkind zu gehen, das ist einfach …« Ich tippe mir an die Stirn, aber Milly strahlt mich an.

»Es ist toll, sieh dich doch nur um! Alles leuchtet, wie im Märchen.«

»Ja, genau«, murre ich, »im Märchen vom fiesen, Freunde stehlenden Christkind.«

Sie stupst mich in die Seite. »Lass dir die Weihnachtszeit doch nicht davon verderben. Ganz ehrlich, sei lieber froh, dass du diesen Idioten los bist. Der war doch sowieso immer total eingebildet, und außerdem bin ich mir sicher, dass er mal Geheimratsecken bekommt, wenn er älter ist. Der hat ja schon jetzt diese merkwürdige hohe Stirn.« Ihre Stimme überschlägt sich beinahe vor Aufregung. »Ha, weißt du, wie der später mal aussieht?«

»Nein, wie denn?«, frage ich und nehme noch einen Schluck aus meiner Tasse.

»Wie einer der Coneheads! Du weißt schon, die mit den langen Köpfen.«

Jetzt bringt sie mich doch zum Kichern.

»Ja, wirklich. Und du wirst sehen, eines Tages kommt er wieder angekrochen, aber dann wirst du ihn abblitzen lassen! Du warst schon immer viel zu gut für ihn, viel zu hübsch und liebevoll und intelligent und ...«

Ja, ja, denke ich mir. Sagt man so etwas nicht immer zu seinen Freundinnen, um sie aufzuheitern?

»Schluss jetzt, Marie! Hör auf, Trübsal zu blasen, und mach stattdessen schnell drei Kreuze im Kalender, dass der Typ weg ist. Und wehe, du lässt dich noch mal für irgendwas von ihm einspannen. Der meldet sich doch nur noch bei dir, wenn du seine bescheuerten Manuskripte lesen musst. Soll er doch einen Lektor engagieren und den ordentlich bezahlen. Du hast jetzt anderes vor, etwas ganz Großes. Wozu hast du denn sonst diesen schweineteuren Biografie-Schreibkurs gemacht?«

»Hm«, nuschle ich und verrate ihr nicht, dass Adam mir erst gestern eine Nachricht geschickt hat. Darin hat er mich gebeten, doch mal einen Blick auf sein neues Buchprojekt zu werfen. Ich weiß, es ist dumm von mir, vor allem nachdem er so auf meinen Gefühlen herumgetrampelt ist.

Aber wenn ich ihm ab und zu mal helfe, merkt er doch bestimmt irgendwann, dass ich ihm fehle.

Klingt ziemlich erbärmlich, oder?

Milly prostet mir mit ihrem Glühweinstiefel zu. »Also, meine Liebe, lass uns den Abend jetzt einfach genießen.«

»Ja, oder lass uns hoffen, dass er schnell vorbeigeht.«

»Das ist so schlimm mit dir. Du benimmst dich wie der Grinch persönlich, der schaut genauso verkniffen drein. Du müsstest mal dein Gesicht sehen, *Marie Christmas*.«

»Wehe, du nennst mich noch mal *Marie Christmas*, dann werde ich wirklich zum Grinch! Ich hasse Weihnachten. Und ich hasse diesen blöden Weihnachtsmann. Seit ich klein war, habe ich ihm jedes Jahr einen Wunschzettel geschrieben, aber er hat nichts für mich und meine Wünsche übrig. Immer hat er mich vergessen. Der kann mich jetzt echt mal!«

Milly lacht und klopft mir auf die Schulter. »Wenn du schon so besessen davon bist, dass der Weihnachtsmann dich vergessen hat, dann schreib ihm doch mal eine E-Mail.«

»Ha, ha, ha, wie witzig!«, entgegne ich, denke aber im gleichen Moment, dass es auch irgendwie einleuchtend klingt.

Oder total verrückt, mahnt mich meine innere Stimme sogleich. Eine E-Mail an den Weihnachtsmann schreiben? Um ihm was zu sagen? Wie enttäuscht ich von ihm bin? Ja, so weit kommt's noch! Aber warum denke ich dann darüber nach?

»So, Süße, und jetzt ist wirklich Schluss damit. Weihnachten ist toll. Lass es dir nicht durch diesen doofen Adam verderben. Er ist es nicht wert, ganz und gar nicht.«

»Hm«, murre ich wieder.

Aber ich liebe ihn eben noch immer. Er war der Mann, mit dem ich für den Rest meines Lebens Weihnachten feiern wollte.

Sofort machen sich seine blauen Augen in meinen Gedanken breit, und ich erinnere mich daran, wie er mich immer liebevoll in die Wangen gekniffen und *meine süße, kleine Knutschkugel* genannt hat, was wohl daran liegt, dass ich nicht gerade Modelmaße habe. Nein, ich trage eine gute Größe vierzig – nicht vierunddreißig wie das verfluchte Nürnberger Christkind, mit dem er sich vergnügen musste.

»Ehrlich«, Milly mustert mich eindringlich, »ich glaube, es musste alles so kommen. Lass den Dingen einfach ihren Lauf. Am Ende ergibt alles einen Sinn, du wirst sehen.«

»Na, dann bin ich beruhigt. Dann wird es also doch für etwas gut sein, dass Adam das Christkind poppt. Ich zünde gleich mal eine Kerze an vor lauter Dankbarkeit.«

Sie kichert. »Ich weiß, dass du sarkastisch bist. Aber wenn du mich fragst, klingt das doch zum ersten Mal vernünftig. Jetzt hast du es!«

Sie ist einfach unverbesserlich.

Mit einem Mal wird es still. »Oh wie toll, es geht los, es geht los!« Aufgeregt wippt Milly von einem Fuß auf den anderen. »Siehst du, da oben bewegt sich schon was!«

Und dann passiert es. Unter dem Raunen der Zuschauer und im Blitzlichtgewitter betritt das Nürnberger Christkind in seinem wunderschönen goldenen Gewand die Empore auf der Frauenkirche, und alle lauschen der glockenhellen Stimme, die ich vor ein paar Monaten »Ja, gib's mir, Adam, du bist so heiß, Adam!« stöhnen hörte und die jetzt über den gesamten Markt hallt:

»Ihr Herrn und Frau'n, die ihr einst Kinder wart, ihr Kleinen, am Beginn der Lebensfahrt, ein jeder, der sich heute freut und morgen wieder plagt: Hört alle zu, was euch das Christkind sagt!«

Und wie ich dem Christkind damals zugehört habe! Ich ertappe mich dabei, wie ich die Worte »bla, bla, bla« mit den Lippen forme, woraufhin Milly mir einen vorwurfsvollen Blick zuwirft. Okay, ich reiße mich ja schon zusammen!

»In jedem Jahr, vier Wochen vor der Zeit, da man den Christbaum schmückt und sich aufs Feiern freut, ersteht auf diesem Platz, der Ahn hat's schon gekannt, was ihr hier seht, Christkindlesmarkt genannt.«

Ja, manchmal wünsche ich mir wirklich, wieder Kind zu sein. Damals habe ich noch jedes Jahr zusammen mit meinen Eltern einen Wunschzettel geschrieben. Meine Mama sagte dann immer, dass alle Wünsche in Erfüllung gehen können, wenn ich nur daran glaube.

Und ich habe daran geglaubt. Deswegen habe ich auch eifrig Sterne ausgeschnitten, auf das goldene Papier mit meinen Wünschen geklebt, Tannenbäume draufgemalt und alles mit Puderzucker bestreut. Dabei haben wir Kakao getrunken, Kekse gegessen und es uns gemütlich gemacht. Jedes Jahr aufs Neue.

Nun, spätestens als Papa Mama verlassen hatte, wurde alles anders, und ich hatte neben so banalen Dingen wie eine neue Puppe und riesige Lebkuchen ablecken – albern, oder? – nur noch einen Wunsch: wieder eine Familie zu haben.

Nachdem ich Adam begegnet war, habe ich dann wieder gerne Weihnachten gefeiert, und ich war mir sicher, dass sich mein Wunsch nach einer Familie nach so langer Zeit endlich erfüllt hat.

Doch dann kam sie.

»Dies Städtlein in der Stadt, aus Holz und Tuch gemacht, so flüchtig, wie es scheint, in seiner kurzen Pracht, ist doch von Ewigkeit. Mein Markt bleibt immer jung, solang' es Nürnberg gibt und die Erinnerung.
Denn alt und jung zugleich ist Nürnbergs Angesicht, das viele Züge trägt. Ihr zählt sie alle nicht! Da ist der edle Platz. Doch ihm sind zugesellt Hochhäuser dieses Tags, Fabriken dieser Welt.
Die neue Stadt im Grün. Und doch bleibt's alle Zeit, ihr Herrn und Frau'n: das Nürnberg, das ihr seid. Am Saum des Jahres steht nun bald der Tag, an dem man selbst sich wünschen und andern schenken mag.
Doch leuchtet der Markt im Licht weit und breit, Schmuck, Kugeln, oh selige Weihnachts-

zeit, dann vergesst nicht, ihr Herrn und Frau'n, und bedenkt, wer alles schon hat, der braucht nichts geschenkt.
Die Kinder der Welt und die armen Leut', die wissen am besten, was Schenken bedeut'. Ihr Herrn und Frau'n, die ihr einst Kinder wart, seid es heut' wieder, freut euch in ihrer Art. Das Christkind lädt zu seinem Markte ein, und wer da kommt, der soll willkommen sein.«

Kaum hat das Christkind die letzten Worte gesprochen, bricht um uns herum tosender Applaus los.

Milly dreht sich zu mir um. »Ja klar, sie ist gemein. Aber sei ehrlich, es war schon toll, oder? Ich meine, sie ist das Christkind.«

Na und? Darf sie deshalb alles? Auch mir den Freund wegnehmen? Oh Mann, so schrecklich das Ganze auch ist, ich muss leider zugeben, dass ich trotzdem ein klein wenig Gänsehaut bekommen habe.

Was Milly wohl bemerkt, denn sie hebt ihren Glühweinstiefel hoch und grinst. »Vergebung ist der erste Schritt vorwärts.«

»Pffff, Vergebung!«, schnaube ich.

Unsere Tassen klirren aneinander, doch gerade als ich meine zum Mund führen will, bekomme ich einen heftigen Schubs von hinten, und der gesamte Glühwein ergießt sich über meinen neuen Wintermantel.

»Mist!«, fluche ich und höre auch sogleich eine vertraute Stimme, die mich zusammenfahren lässt.

»Oh, tut mir leid.«

Ich erstarre. Da steht er. Dunkle Haare, blaue Augen und sieht mich lächelnd an.

Wie war das noch mal mit der Vergebung?

Ein Stoß in den Magen

»Adam?«, murmle ich und fühle mich wie zu Stein erstarrt.

»Oh Marie! Na, das ist aber ein Zufall. Ach, und das mit dem Mantel tut mir echt leid. Aber du hättest dich nicht so schnell umdrehen dürfen.« Er reicht mir ein paar Taschentücher, und ich greife danach.

Wie gut er aussieht. Ja, ich hatte schon gedacht, dass er hier ist, aber dass ich mit ihm zusammenstoße ... Zufall? Schicksal? Und warum kribbelt es so sehr in meinem Bauch?

Aber habe ich mich überhaupt umgedreht, so wie er behauptet? Eigentlich doch erst, als er mich schon angerempelt hatte. »Ja, ich weiß, meine Schuld«, sage ich trotzdem und tupfe mich mit seinen Taschentüchern ab. Der Mantel ist ja zum Glück braun.

»Hast du denn meine E-Mails bekommen?«, will er wissen, und ich nicke, obwohl mich das Wort *E-Mails* kurz irritiert.

Eine Mail hatte ich bekommen, in der er mich mehr oder weniger bat, doch mal flott seinen Text durchzugehen. Darauf habe ich ihm aber doch schon geantwortet.

»E-Mails? Also mehrere?«, frage ich daher erstaunt.

»Ja, ich habe dir noch eine geschickt, du musst sie unbedingt lesen. Es ist sehr wichtig, dass du erfährst, was da drinsteht. Und danke, dass du alles andere so rasch bearbeitest. Du bist ein Schatz.« Er lächelt und tätschelt mir die Wange.

Oh mein Gott, ich muss die andere Mail unbedingt lesen. Gleich nachher, wenn ich nach Hause komme. Ein aufgeregtes Kribbeln macht sich in mir breit. Vielleicht heißt es genau das, was ich mir wünsche. Dass er wieder zu mir zurückwill.

»Marie, kommst du?« Milly taucht neben mir auf und reißt mich aus meinem Gedankentraum.

»Ah Milly, schön, dich zu sehen«, begrüßt Adam sie, aber sie schenkt ihm einen bösen Blick.

»Na, das kann ich von mir nicht behaupten«, antwortet sie trocken.

»Aha, kratzbürstig wie eh und je.« Dann wendet Adam sich wieder mir zu. »Also melde dich, sobald du alles gelesen hast. Wie lange brauchst du denn noch ungefähr mit meinem Manuskript? Wäre jedenfalls toll, wenn du ein bisschen mehr Gas geben könntest.« Er zwinkert mir zu, und ich kann nicht anders, als sein Lächeln zu erwidern.

Millys Blick wird finster, und sie boxt mich mit dem Ellbogen an.

»Ähm, ja klar, ich schau mal, was ich tun kann«, sage ich rasch. Ich bin ein Esel, ich bin so ein Esel, ruft meine innere Stimme, aber ich schiebe sie beiseite.

»Wie wäre es eigentlich, wenn du dir mal jemand anderen für deine Manuskripte suchst, Adam?« Mit diesen Worten packt Milly einfach meine Hand und zieht mich hinter sich her.

»Ich melde mich bei dir«, rufe ich ihm noch zu und ernte darauf einen noch böseren Blick von Milly.

»Was ist denn nur los mit dir?«, fährt sie mich an, als wir uns ein Stück entfernt haben. »Wenn der in deiner Nähe ist, benimmst du dich wie ein besoffenes Rentier. Wie kannst du dich nur so von ihm behandeln lassen? Der benimmt sich wie ein Pascha, und du rennst ihm hinterher wie eine läufige Hündin! Ich verstehe nicht, warum du dich schon wieder hast weichkochen lassen. Wir hatten das Thema doch schon tausendmal!«

»Es war nur eine kleine Bitte. Ich mache das gerne, und er braucht mich doch.«

»Das tut er nicht!«

»Doch. Gerade hat er mir gesagt, dass ich unbedingt eine Nachricht von ihm lesen soll. Was denkst du? Kann es sein, dass er wieder zu mir zurückkommt?«

Milly rollt energisch und auch ziemlich genervt mit den Augen. »Marie, bitte, du bist so eine kluge Frau, hast schon Preise für deine Texte bekommen. Aber wenn er in der Nähe ist, bist du einfach nicht mehr du selbst. Er hat dich betrogen, verlassen – und was machst du?«

Ich will irgendwas entgegnen, atme aber erleichtert auf, als plötzlich Beate und Kerstin vor uns stehen, die wir vom Turnverein kennen. Auf dem Christkindlesmarkt scheint auch jeder vertreten zu sein.

Natürlich hält Milly nicht hinterm Berg und rollt vor den beiden die ganze Geschichte mit Adam noch mal auf.

»Es ist eben nicht leicht«, murre ich, als sie geendet hat, und ernte verständnisvolle Blicke.

»Das glaube ich dir«, sagt Kerstin. »Aber er ist wirklich keinen Pfifferling wert.«

Und Beate fügt nachdenklich hinzu: »Du darfst dir das nicht länger bieten lassen. Klar ist es schlimm, und manchmal hat man das Gefühl, dass sich alles gegen einen verschworen hat.«

Milly beginnt zu kichern. »Ja, deswegen glaubt Marie auch, dass der Weihnachtsmann sie vergessen hat.«

»Der Weihnachtsmann?« Beate tippt sich an die Stirn. »Wie kommst du denn darauf?«

»Weil ich, seit ich denken kann, Wunschzettel an ihn geschrieben habe und nie etwas davon in Erfüllung ging. Ganz einfach.«

»Ist das dein Ernst? Du glaubst doch nicht etwa noch an den Weihnachtsmann?«, fragt Kerstin, und ich schäme mich ein wenig.

»Natürlich nicht.« Rasch winke ich ab. Aber wenn ich ehrlich sein soll, hatte ich zumindest immer gehofft, dass es so etwas wie den Weihnachtsmann gibt.

»Na, wenn das so ist, dann schreib ihm doch wirklich mal und beschwere dich. Ich habe das vorhin ernst gemeint«, sagt Milly trocken.

»Ha, ha, ha!« Ich verdrehe die Augen. »Das ist sicher das Letzte, das ich tun werde.«

Wir plaudern noch eine Weile, aber in meinem hintersten Gedankenstübchen frage ich mich nur unentwegt, was Adam wohl in der E-Mail geschrieben hat, die ich mir unbedingt ansehen soll. Ehrlich gesagt kann ich es kaum erwarten, nach Hause zu kommen.

Irgendwie muss ich mich davonstehlen. Heimlich blicke ich auf die Uhr. Okay, es ist erst acht, also noch nicht besonders spät. Egal, ich wage einen Versuch und gähne in meine Hand hinein. »Sorry«, sage ich, »aber ich bin auf einmal so müde.«

Milly runzelt die Stirn. »Willst du etwa schon gehen?«

»Wollen nicht, aber ich bin wirklich ziemlich kaputt. Außerdem muss ich morgen einiges erledigen. Ich habe da noch ein Kapitel zu schreiben, das ich am Montag meinem Auftraggeber vorlegen muss. Ihr wisst ja, wie das ist. Arbeit ist immer da, auch in der Vorweihnachtszeit.«

»Aha«, sagt Milly nur und blickt mich mit hochgezogenen Augenbrauen an. Ich bin sicher, dass sie mich durchschaut, denn ich bekomme auf einmal einen heftigen Schubs in die Seite.

»Lass das!«, fahre ich sie vielleicht ein wenig zu barsch an. »Ich weiß, was du denkst, aber ich bin wirklich fertig. Und das mit dem Buchkapitel stimmt auch. Außerdem sei mal etwas dankbarer, dass ich heute überhaupt mitgekommen bin.«

»Na schön, wenn du meinst«, lenkt sie widerwillig ein.

Ich streiche ihr liebevoll über den Arm. »Also dann seid ihr mir nicht böse, ja?«

»Quatsch«, sagt Beate, »ich verstehe das. Außerdem hängt dir die Sache mit Adam ja auch noch nach.«

Rasch nicke ich, in der Hoffnung, das Thema endlich beenden zu können.

»Sollen wir ein Stück mit dir mitgehen?«, will Kerstin wissen, doch ich winke ab.

»Nein, ich hab's doch nicht weit.«

Milly seufzt. »Na schön. Dann gehen wir anderen gleich noch rüber zur Feuerzangenbowle.«

Die Mädels ziehen weiter, und ich mache mich auf den Weg nach Hause.

Zitternd vor Kälte laufe ich durch die Stadt. Es ist mittlerweile ganz schön eisig geworden, und ich stecke meine Hände in die Manteltaschen, um sie ein wenig zu wärmen. Aber ich tröste mich mit dem Gedanken, gleich im Warmen zu sein und endlich Adams Nachricht lesen zu können. Vielleicht hat er mir ja geschrieben, dass ich ihm fehle. Dass er an mich denken muss, die ganze Zeit.

Mein Herz schlägt plötzlich schneller. Ja, wer weiß, es sollen doch noch Wunder geschehen, wenn man daran glaubt.

Die Zeit kommt mir vor wie Stunden, bis ich mich endlich mit einer Tasse Wintertraum-Tee vor den Rechner setze. Freudig stelle ich fest, dass da tatsächlich noch eine weitere E-Mail von Adam im Postfach ist. Bevor ich sie öffne, starre ich sie eine Weile an. Was sich wohl hinter diesem einen Klick verbirgt?

Mit einem Mal ist da die Hoffnung, dass alles doch noch gut wird. Also atme ich tief durch, öffne die Mail und lese die Worte, die mich sogleich hämisch angrinsen:

Voller Glück und Freude geben Adam Saminski und Eva Glockenberg ihre Verlobung bekannt.

Weihnachtsmann, du fieser Mann

»Weihnachtsmann, du fieser Mann, ich male deinen Mantel an. Weil du niemals an mich denkst«, schniefe ich, während ich draußen vor dem Haus auf dem Boden liege.

Das hat man nun davon, wenn man mit einem heftigen Rausch einen Nachtspaziergang machen will. Ja, eigentlich hatte ich vor, Adam aufzusuchen und ihm gehörig die Meinung zu geigen. Doch ich habe mich schließlich damit begnügt, wüste Beschimpfungen auf seiner Mailbox zu hinterlassen.

Die Nachricht von Adams Verlobung hat mir in der Tat ziemlich übel mitgespielt – vielleicht war es aber auch die Flasche Wein, die ich schon seit Ewigkeiten im Vorratsraum stehen hatte und die mal ein Geschenk von einer netten Kundin war. Ja, wenn man so gut wie nie Alkohol trinkt, können einem zwei oder drei Gläser schon das Genick brechen. Und dann war da ja auch noch der Glühwein. Blöderweise hatte ich gehofft, dass all das gegen mein verwundetes Herz hilft.

Aber was soll ich sagen? Da liege ich nun also und blicke auf den leuchtenden, großen grauen Mond, der am Nachthimmel hängt und irgendwie aussieht wie ein Lebkuchen.

Wie schön. Lebkuchen. Ich mag Lebkuchen. Am liebsten die mit Zuckerguss und Mandeln. Aber sicherlich bekomme ich nicht mal die.

»Ja, weil ich nie was bekomme, du blöder, gemeiner Weihnachtsmann!«, rufe ich. »Da bin ich jedes Jahr brav, aber was habe ich davon? Nichts liegt unter dem Weihnachtsbaum!«

»Ach herrje, da hatte wohl jemand ein bisschen zu viel Glühwein.«

Vorsichtig öffne ich die Augen. Jetzt ist der Lebkuchen ganz nah, direkt vor mir. »Ein Riesenlebkuchen«, nuschle ich und versuche, mit meiner Zunge an die Zuckerglasur zu kommen. Mmh, sieht der lecker aus. Also damit kann mich der Weihnachtsmann vielleicht versöhnen. Er gibt zumindest gerade sein Bestes.

»Hallo? Was in aller Welt machst du denn da?«

Warum um Himmels willen kann der Lebkuchen sprechen? Merkwürdig.

Sehnsüchtig strecke ich die Hände aus und versuche, nach ihm zu greifen. Als ich ihn zu fassen bekomme, kneife ich ihm in die Wangen. Wahnsinn, ich kneife tatsächlich einem riesengroßen Lebkuchen in die Wangen! Das ist ja total abgefahren.

»Mmh, bist du aber weich«, murmle ich.

»Aua! Sag mal, was ist denn mit dir los?«, entfährt es dem Lebkuchen, aber schon im nächsten Moment ist er still, denn ich lege meine Lippen auf seine zuckrige Glasur – und wow! Wie weich er schmeckt. Und so lecker. Sofort beginnt mein ganzer Körper zu kribbeln. Was für ein Gefühl.

»Du schmeckst so gut«, flüstere ich, als irgendwas in mir begreift, dass Lebkuchen ja gar keine Lippen haben. Und keine Wangen auch nicht.

Das ist auch der Moment, in dem ich kapiere, dass ich gerade einen Mann geküsst habe. Einen Mann mit zimtbraunen Haaren und grauen Zuckerglasur-Augen. Auweia.

»Nicht schlecht, und ich würde auch gerne weitermachen.« Sogar im Dunkeln kann ich erkennen, dass er mir zulächelt. »Aber dir ist schon klar, dass wir nur zwei Grad haben und du auf dem eisig kalten Boden herumliegst, oder?«

Energisch schüttle ich den Kopf. »Ach echt? Ich dachte, ich liege am Strand von Bora Bora.«

Er grinst und greift nach meiner Hand. »Dann helfe ich dir mal auf die Beine.«

»Na gut. Aber langsam, ja? Nicht dass mir noch schwindliger wird.«

Mit seinen Armen umschlingt er meine Taille und zieht mich langsam nach oben. Kaum stehe ich auf den Beinen, taumle ich ein wenig nach links, dann etwas nach rechts. Vor und zurück. Ach du liebe Zeit, ich fühle mich, als würde ich gemütlich im Bierzelt schunkeln.

»Was ist denn mit dir passiert, dass du so betrunken bist?«, fragt er, und ich muss schon wieder kichern. Mein Gott, bin ich albern.

»Das Christkind ist mir passiert und der Weihnachtsmann und überhaupt …«

»Wie bitte? Das Christkind?« Der Lebkuchenmann zieht eine Augenbraue nach oben.

Lebkuchenmann, der Name passt zu ihm.

»Ja, das rotbackige, vollbusige, goldlockige, hinterlistige Christkind. Es hat mir meinen Freund gestohlen«, beschwere ich mich nun lautstark. »Und der Weihnachtsmann hat alles verdorben. Warum hat er nicht besser auf dieses Flittchen aufgepasst, damit sie sich nicht an meinen Freund ranmachen kann? Tzzzzz!«

Der Lebkuchenmann sieht mich merkwürdig an. Klar, natürlich begreift er nichts von alldem, was ich da von mir gebe.

»Ja, glaub mir, das süße Christkind ist alles andere als unschuldig«, sage ich noch mal zur Bekräftigung. Meine Zunge ist doch ganz schön schwer.

»Na gut. Das Christkind ist also ein Flittchen, schon klar. Ich glaube, wir schaffen dich mal lieber nach Hause. Wohnst du weit weg von hier?«

»Ne, gleich da vorne in dem grünen Haus mit der komischen gelben Tür«, nuschle ich wieder.

Ob er mich verstanden hat? Anscheinend schon, denn er nickt und hakt sich bei mir unter.

Das Ganze ist wirklich lustig. Jedenfalls bis zu dem Moment, als wir die ersten Schritte machen. Oh, oh, Bewegung tut mir gerade gar nicht gut.

Ich halte noch mal kurz inne, denn laufen und reden gleichzeitig kann ich wirklich nicht. »Aber Adam habe ich die Meinung gesagt, dass er ein totaler Idiot ist und sich für seine Manuskripte jemand anderen suchen soll. – Oh, sag mal, dreht sich bei dir auch alles?«

Der Lebkuchenmann schüttelt den Kopf. »Kein Wunder, ich habe ja auch nicht so viel intus wie du.«

Ich werfe ihm einen gespielt vorwurfsvollen Blick zu, doch zum Antworten komme ich nicht, denn ich muss mich erst aufs Gehen konzentrieren.

Irgendwann wird es besser, und ich fühle mich wieder fähig, etwas zu sagen. »Diese Weihnachtszeit ist wie ein fieser Fluch.«

Doch meine Worte sind anscheinend nicht einfach zu entschlüsseln, denn er fragt mich etwas verwirrt: »Was ist mit einem Tuch? Hast du was verloren?« Er sieht sich um, und ich schüttle den Kopf. Auch keine gute Idee, denn alles um mich herum dreht sich jetzt noch schneller.

»Nein, ein Fluch. All das, was man uns vormacht. Wünsche, die in Erfüllung gehen sollen. Pfffff!«

»Ich glaube, dein Fluch heißt zu viel Alkohol, meine Liebe. Hast du ein Glück, dass ich hier in der Stadt einen Kumpel besuche und dich aufgelesen habe.«

Vor meiner Haustür bleibt der Lebkuchenmann stehen. »So, da wären wir. Hast du einen Schlüssel?«

»Ja, habe ich – irgendwo.« Etwas ungelenk suche ich meine Manteltaschen ab, und es dauert einen Moment, bis ich fündig werde. »Schau, da ist er!« Viel zu schnell wedle ich mit dem klirrenden Schlüsselbund vor seiner Nase herum und versuche dann, einen der vielen

Schlüssel ins Schloss zu stecken. Gar nicht so einfach.

Schmunzelnd beobachtet er mich. Er sieht irgendwie süß aus.

»Marie?« Ich zucke zusammen, als ich plötzlich eine andere Männerstimme höre. Sie ist mir bekannt, viel zu bekannt.

Mit einem Schwung drehe ich mich um, und schon wird mir wieder schwindlig.

Er ist es tatsächlich. Adam.

»Was machst du denn hier? Ist das Christkind schon langweilig geworden? Verschwinde!«, lalle ich und halte mich am Lebkuchenmann fest.

»Ich wollte einfach noch mal nach dir sehen. Und nach meiner CD-Sammlung auch. Deine Nachrichten waren wirklich ziemlich gruselig.«

Genervt verdrehe ich die Augen. Was redet der da? »Welche Nachrichten?«

»Die du mir vorhin geschickt hast. Du hast mir auch auf die Mailbox gequatscht. Erinnerst du dich nicht? *Advent, Advent, dein Christkind brennt.* Du bist wohl nicht begeistert über die Verlobung, deswegen wollte ich sichergehen, dass du dich wieder beruhigst und meinen Text fristgerecht abgibst. Du bearbeitest ihn doch trotzdem noch, oder?«

»Was? Ist das dein einziges Problem? Also echt, Adam, jetzt reicht's! Fahr doch zur Hölle, du ... du ... Schmock!« Merklich irre kichere ich.

»Sorry, dass ich mich einmische, aber ich glaube, mit ihr kannst du heute nicht mehr viel anfangen«, stellt der Lebkuchenmann fest.

»Am besten ich übernehme dann mal«, antwortet Adam und greift nach meinem Arm.

Irgendwie will ich aber gar nicht, dass der Lebkuchenmann jetzt geht. Er hat so gut geschmeckt. »Pass auf sie auf. Ich glaube, ihr ist schlecht«, sagt er noch und wendet sich dann ab.

Nicht gehen, flehe ich stumm, aber er tut es trotzdem.

»Mach's gut«, höre ich ihn sagen und sehe ihm einen Moment lang nach. Mehr kann ich nicht mehr verstehen, weil es in meinen Ohren plötzlich ganz fürchterlich klingelt. Kling, Glöckchen, klingelingeling.

»Tschüss Lebkuchenmann«, bekomme ich gerade noch heraus.

Doch dann wird das Klingeln immer lauter, entwickelt sich zu einem fürchterlichen Donnerschlag, und Sekunden später kotze ich Adam direkt auf die Schuhe.

Post vom Weihnachtsmann

Ich schrecke auf, und in meinem Kopf fliegt ein Düsenjet Loopings. Oh Gott, wo bin ich?

Angestrengt sehe ich mich um. Okay, ich liege in meiner Wohnung auf dem Boden. Was ist nur passiert? Dann dämmert es mir. Adams E-Mail. Der Wein. Der Lebkuchenmann. Habe ich auf Adams Schuhe gekotzt? Ach herrje.

Etwas zu schnell setze ich mich auf und spüre sofort ein Ziehen in meinem Kopf. Durchatmen, Marie. Als es etwas nachgelassen hat, suche ich mein Handy. Auf dem Display sind Nachrichten von Milly, die sich Sorgen um mich macht und fragt, ob die Nachricht wirklich für sie bestimmt war. Aber was habe ich ihr eigentlich geschrieben? Am besten gehe ich einfach mal den Verlauf durch.

Du kannst dir künftig jemand anderen suchen, der deine blöden Manuskripte liest. Es hat sich ausgeknutschtkugelt!

Okay, die Nachricht war wohl für Adam gedacht. Adam? So ein Mist, was habe ich dann an ihn verzapft? Ich rufe seinen Kontakt auf.

Hoffentlich wird er in fünf Jahren eine Glatze bekommen und das doofe, blondgelockte Ding von Christkind fett und hässlich sein. Ich werde seine CD-Sammlung verbrennen. Oder besser noch, ich verbrenne sein Manuskript. Außerdem habe ich dem Weihnachtsmann geschrieben. Glaub mir, mein Brief hatte es in sich. Das Christkind sollte sich in Acht nehmen.

Schreck lass nach! Ich habe was? Dem Weihnachtsmann geschrieben? Oh nein, mir wird schlecht.

Während ich mir die Schläfen reibe, fahre ich den Laptop hoch und rufe meinen Mailaccount auf. Was ich da lese, macht mich schlagartig wach wie eine kalte Dusche.

Lieber Weihnachtsmann,
ich habe lange überlegt, was ich dir sagen will. Wie du ja weißt, habe ich dir früher jedes Jahr geschrieben, und jedes Jahr hast du meine Wünsche ignoriert. Nur damit du es weißt, ich habe so was von die Schnauze voll.

Was bildest du dir eigentlich ein? Nur weil du eine rote Mütze mit so einer albernen Bommel auf dem Kopf hast und mit Rentieren herumfliegen kannst, darfst du nicht mit den Gefühlen und den Träumen der Menschen spielen. Und das mit deinem Flittchen von Christkind, also echt, damit hast du das Fass zum Überlaufen gebracht. Wie kannst du zulassen, dass er sie jetzt auch noch heiratet? Ehrlich, das ist doch nicht dein Ernst.
Ich habe wirklich nicht viele Wünsche. Und ja, ich bin vielleicht gerade ein bisschen exzentrisch. Ich weiß auch, dass es vielen Menschen schlechter geht als mir, aber ich wünsche mir nichts mehr als den einen Mann, der mich liebt. Aber na ja, ist wohl zu viel verlangt. Auf Weihnachten habe ich gar keine Lust mehr, ich werde es dieses Jahr boykottieren. Wünschen werde ich mir nie wieder etwas – ja, es ist aus mit uns beiden! Und das für alle Zeiten!
Deine Marie Christmas
Ho, ho , ho!
Oder besser: ha, ha, ha!

»Oh mein Gott, das tut mir so leid, Süße«, sagt Milly etwas später, als ich ihr am Telefon meine

Mail an den Weihnachtsmann vorlese und von meinen nächtlichen Eskapaden erzähle.

»Das ist so peinlich. Aber das ist noch lange nicht das Schlimmste. Ich habe irgendeinen Typen auf der Straße abgeleckt, weil ich ihn für einen Lebkuchen gehalten habe. Kannst du dir das vorstellen?«

Milly kichert. »Na ja, einen großen, gut aussehenden Lebkuchen würde ich auch ablecken«, versucht sie mich aufzumuntern.

»Weißt du, ich hatte so gehofft, dass Adam zu mir zurückkommt, dass ich mit ihm zusammen alt werde. Ist das denn zu viel verlangt?«, schniefe ich und blicke immer noch auf den Bildschirm. Plötzlich ploppt eine Mail auf, und als ich den Absender lese, wird mir ganz schlecht. »Milly, bist du noch da?«

»Ja klar. Was ist denn los?«

»Ich habe gerade eine E-Mail bekommen.«

»Von Adam?«

»Nein, vom Büro des Weihnachtsmannes.«

»Was? Im Ernst?«

»Ich befürchte schon.«

Sie lacht kurz auf. »Ja, und was schreiben die?«

»Keine Ahnung, ich kann ja nur den Betreff lesen. Und der lautet: *Ihr Wunsch an den Weihnachtsmann.*«

»Na, dann mach die Mail doch mal auf.«
Mit zitternden Fingern klicke ich auf *Öffnen.*

Hallo lieber Mensch, der du noch so fleißig an den Weihnachtsmann glaubst,
vielen Dank für deine Nachricht an unser Weihnachtsmannbüro. Wir nehmen deinen Wunsch ernst, er wurde erfasst und an die fleißigen Elfen und Wichtel weitergeleitet. Wir versuchen unser Möglichstes, damit er zu Weihnachten in Erfüllung geht. Wir wünschen dir viel Glück und eine wunderbare Weihnachts- und Winterwünschezeit. Vergiss eines nicht: Sei immer nett zu dir selbst und zu deinen Mitmenschen und glaube weiter ganz fest an den Weihnachtsmann.
Dein Weihnachtsmannbüro

Milly kichert. »Das ist ja lustig, er verschickt eine Empfangsbestätigung.«

»Finde ich nicht. Das ist so was von peinlich, ich werde mich nie mehr aus dem Haus trauen!«, entgegne ich und entdecke noch eine Mail mit dem Betreff *Renovierungsarbeiten – an die Mieter des Hauses in der Dr.-Kurt-Schumacher-Straße.*

Als ich sie öffne, traue ich meinen Augen nicht. »Die sind doch nicht mehr ganz dicht!

Renovierungsarbeiten an allen Bädern. Und sie brauchen bis kurz vor Weihnachten! Geht's noch?«

Bevor Milly etwas antworten kann, ploppt eine weitere Nachricht auf.

»Warte mal, ich habe gerade noch eine Mail bekommen.« Erstaunt starre ich darauf.

»Ehrlich? Und was steht da?«

»Das ist merkwürdig. Warte.« Schon öffne ich sie, denn der Betreff *Wichtiger Auftrag* macht mich mehr als neugierig.

Wo bin ich denn hier gelandet?

»Das ging jetzt aber echt schnell. Ich kann nicht glauben, dass du einfach so weggefahren bist. Ist das nicht doch etwas überstürzt?«, ruft Milly, als ich vom Taxi aus mit ihr telefoniere.

In den letzten Tagen hat sie unermüdlich versucht, mir diese Reise auszureden, mit allerhand schaurigen Überlegungen wie: »Wer weiß, womöglich ist dieser ominöse Herr Klaus ein Serienkiller, der dir die Haut abzieht, sie vor seinen Kamin legt und sich nackt darauflegt.« Ein schauriger Gedanke, aber ich bin standhaft geblieben.

»Meine Agentur meinte, es sei ein guter Auftrag, an dem ganz und gar nichts schrecklich ist. Dieser Herr Klaus soll ein einfacher Mann sein, der seine Biografie aufgeschrieben haben will, mehr nicht. Und ganz ehrlich, mir kann doch nichts Besseres passieren, denk nur mal an die Renovierungsarbeiten. Also hör auf, mir ständig so ein komisches Gefühl einzureden.

Dieser Auftrag kommt wie gerufen, und ich bin wirklich froh, endlich mal aus der Stadt herauszukommen. Dieser ganze Weihnachtstrubel macht mich verrückt. Hier habe ich Ruhe, vor allem vor den Männern.«

»Na schön, wenn du meinst. Wie lange wird das Ganze noch mal dauern?«

»Bis Heiligabend ist mein Aufenthalt bezahlt. Mal sehen, was ich dann mache. Ehrlich gesagt bin ich nicht besonders scharf auf Weihnachten, vielleicht lasse ich es einfach ausfallen. Auf meine Eltern brauche ich auch nicht zu zählen. Mama fährt dieses Jahr in so ein esoterisches Fastenlager, und Papa ist wie immer beschäftigt, vor allem mit seiner neuen Familie. Dieser Auftrag ist für mich sozusagen der Rettungsanker, auf den ich gehofft habe.«

»Ich verstehe dich irgendwie schon. Aber du weißt, wenn alle Stricke reißen, kannst du immer auch mit mir und meiner Familie feiern. Falls sich dieser Herr Klaus doch als ein merkwürdiger Geselle entpuppt.«

»Wir werden sehen. Morgen werde ich ihn kennenlernen und alles erfahren«, kontere ich und nehme ihr damit den Wind aus den Segeln. »Ich will nun einfach meine Ruhe haben. Weg von Weihnachten, Adam und seinem bescheuerten Christkind. Stell dir vor, er schreibt mir tatsächlich immer noch andauernd, was jetzt mit seinem Text ist. Du hattest wohl recht, er nutzt mich nur aus. Ich werde mich nie wieder verlieben. Es ist immer das Gleiche – nichts als die totale Enttäuschung.«

In diesem Moment biegt das Taxi nach links ab und hält schließlich an.

Ich kneife die Augen zusammen. »Sind Sie sicher, dass wir hier richtig sind?«, frage ich den Taxifahrer.

Er nickt nur, steigt aus und knallt die Wagentür zu. Sehr freundlich.

»Ach du liebe Zeit«, murmle ich.

»Was ist denn?«, fragt Milly auch prompt. »Ist es so schlimm?«

Ob es schlimm ist?

Vor mir tut sich inmitten der Berglandschaft ein hübsches kleines Hüttendorf auf, in dem unzählige Lichter funkeln. Ein riesiger Weihnachtsbaum ragt in der Mitte des Platzes empor.

»Ja, es ist schlimm. Oh mein Gott.«

Ich steige aus, das Handy noch immer am Ohr, und bleibe vor dem Eingang zum Dorf stehen. Es sieht aus, als würde der Weihnachtsmann persönlich hier leben und hätte noch ein paar Lichterketten samt Lametta übergeworfen, weil es ihm nicht genug geleuchtet hat.

»Ist das hier ganz sicher der richtige Ort?«, frage ich noch einmal den Taxifahrer.

»Ja sicher, *Hüttenhotel Wunderland.*« Er öffnet den Kofferraum, hebt mit Schwung mein Gepäck heraus und stellt es im Schnee ab. »Macht vierzig Euro«, sagt er ohne jede Regung im Gesicht, und während ich in meiner Tasche krame, weiß ich nicht, ob ich lachen oder weinen soll.

Milly scheint das Ganze jedenfalls zum Schießen zu finden, denn sie lacht lauthals ins Telefon. »Na ja, so viel zu deinem Plan, Weihnachten zu entkommen.«

»Ich drehe wieder um!«, rufe ich voller Panik, reiche dem Taxifahrer das Geld und starre auf das Lichtermeer vor mir.

»Hör zu, Süße, ich war zwar nicht so begeistert, dass du weggefahren bist. Doch vielleicht ist es ja genau das, was du brauchst. Es mag sich blöd anhören, aber wer weiß, womöglich sollst du diese Reise aus einem ganz bestimmten Grund machen.«

»Ach ja, und der wäre?«

»Nun, vielleicht wartet an diesem Ort dein persönliches kleines Winterwunder.«

In diesem Moment steigt der Taxifahrer wieder ins Auto und startet den Motor. Was für ein schrecklicher Kerl!

Hektisch laufe ich ihm nach. »Was machen Sie denn da? Helfen Sie mir denn nicht mit dem Gepäck?«

Er öffnet in aller Seelenruhe das Wagenfenster und schüttelt den Kopf. »Nicht für fünf Euro Trinkgeld. Ins Dorf darf ich sowieso nicht reinfahren. Viel Spaß.« Schon braust er davon.

»Na wunderbar, das geht ja gut los«, sage ich etwas außer Atem zu Milly. »Ich muss jetzt Schluss machen, wir hören uns später – falls ich bis dahin nicht im Schnee versunken bin.«

Dann legen wir auf, und ich schleppe und ziehe meine Koffer durch den Schnee zu einer großen Hütte, an der ein Schild mit der Aufschrift *Haupthütte* prangt.

Wohin ich auch sehe, funkelt und glitzert es, und Weihnachtsmusik dudelt um mich herum. Es ist, als wäre ich in eine kleine Weihnachtsstadt gekommen. Schrecklich. So war das ja nicht gedacht.

Mit letzter Kraft hieve ich mein Gepäck die Stufen hinauf zum Hütteneingang. Als ich die Klinke hinunterdrücke und die Tür öffne, läutet über meinem Kopf ein goldfarbenes Glöckchen.

Eine Frau im Engelskostüm sitzt hinter dem Tresen und begrüßt mich mit einem Lächeln. »Guten Tag, willkommen im *Hüttenhotel Wunderland.*«

»Ähm, guten Tag«, erwidere ich und sehe mich um. Auch hier ist alles bunt und etwas zu üppig geschmückt. Es riecht nach Weihrauch, und über meinem Kopf baumelt zu allem Unglück auch noch ein Mistelzweig. Schnell trete ich ein. Nicht auszudenken, wenn gleich irgendwer reinkommt und ich ihn küssen müsste. Denn bei meinem Glück wäre das höchstens ein alter Alm-Öhi.

Ich lehne mich an den Tresen. »Mein Name ist Marie Wünsch. Meine Agentur schickt mich her, es müsste ein Zimmer für mich reserviert sein.«

Die Frau fängt an, auf die Tastatur ihres Computers zu hämmern. »Wünsch, Augenblick ...«, murmelt sie, dann bekommen ihre Augen einen leichten Glanz, und sie lächelt. »Ah, hier sehe ich es schon. Sie haben eine unserer ganz besonderen Hütten zugeteilt bekommen, Anweisung vom Chef. Sie sind ja wegen ihm hier, nicht wahr?«

»Falls Sie Herrn Klaus meinen, ja.«

Das Engelchen nickt. »Genau den meine ich. Sie können Ihre Hütte bereits beziehen.« Sie dreht sich kurz um, nimmt einen Schlüssel mit einem Sternanhänger aus Holz vom Bord und legt ihn auf den Tresen. »Hier ist Ihr Schlüssel, und ich lege Ihnen auch noch ein paar Prospekte in die Mappe, damit Sie wissen, was Sie hier im Dorf alles unternehmen können. Es gibt einen Weihnachtsmarkt, eine Rentierfarm, einen Supermarkt, eine Tanzbar ...«

Rasch schüttle ich den Kopf. »Nicht nötig, ich bin ja zum Arbeiten hier und nicht zu meinem Vergnügen«, sage ich, aber sie packt die Prospekte trotzdem in die Mappe. Na meinetwegen.

»Ihre Hütte ist das Sternhäuserl, Sie erkennen es an dem Stern über der Eingangstür. Gehen Sie einfach geradeaus in Richtung Wald. Es kommt dann etwa fünfzig Meter nach dem Lebkuchenhäuserl, das natürlich einen Lebkuchen über der Tür hat.«

Sie lächelt mir zu, und ich hebe die Augenbrauen. Wo bin ich denn hier gelandet?

Doch sie geht gar nicht darauf ein. »Ist doch süß, oder? Bei uns haben alle Hütten weihnachtliche Namen«, erklärt sie mir.

In diesem Moment geht die Tür auf, und das Glöckchen beginnt wieder zu bimmeln. Sofort werden die Pausbacken des Engelchens ganz rot. Sie streicht sich durch die Locken, und als ich mich umdrehe, weiß ich auch, wer ihr die Röte auf die Wangen gezaubert hat. Ein Mann mit grauen Augen und einer Wichtelmütze auf dem Kopf, unter der zimtbraune Haarsträhnen hervorlugen.

Irgendwie kommt er mir ziemlich bekannt vor. Er sieht aus wie dieser eine Schauspieler, der aus dem Film *Thor* – wie hieß er noch mal? Chris Hemsworth, genau. Der hat auch so zimtiges Haar und solche Augen. Ja, sicher kommt er mir deswegen bekannt vor.

»Hey Christine, alles klar? Ich wollte nur sagen, dass ich …« Keine Ahnung, was er sagen wollte, denn als er mich sieht, verzieht sich sein Mund zu einem schiefen Grinsen.

Und dann bin ich es, der die Röte auf die Wangen schießt. Das kann doch nicht wahr sein! Von wegen zimtiges Haar. Jetzt weiß ich, woher ich ihn kenne.

Das ist ja der Lebkuchenmann!

Ein Stoß geht durch meinen Magen, boxt mich so heftig, dass ich scharf Luft hole.

Was macht der denn bitte hier?

»Ein Glück für Sie«, höre ich das Engelchen sagen. »Unser Lieblingswichtel hier wohnt im Lebkuchenhäuserl ganz in Ihrer Nähe und kann Ihnen sicher mit dem Gepäck behilflich sein.«

Wie bitte? Lieblingswichtel? Und er wohnt im Lebkuchenhäuserl gleich nebenan? Das soll doch wohl ein Scherz sein!

Heftig winke ich ab. »Ach, das ist nicht nötig. Das schaffe ich schon.«

Ich will nach meinem Koffer greifen, aber der Lebkuchenmann – oder soll ich *Lieblingswichtel* sagen? – ist schneller. »Kein Thema, das mache ich doch gern.« Er zwinkert mir zu und leckt sich verführerisch über die Lippen.

Okay, er erkennt mich, oder? Deswegen hat er auch gerade das mit den Lippen gemacht.

Doch wer weiß, vielleicht steigere ich mich da auch nur in etwas hinein. Er ist einfach nett und trägt mein Gepäck. Also warum gleich verrücktspielen?

Er schultert meine Reisetasche, hebt die beiden Koffer mit einer verblüffenden Leichtigkeit hoch, und ich folge ihm hinaus in die Winternacht.

Unter der Tür bleibt er noch mal kurz stehen und zwinkert auch dem Engelchen mit einem verführerischen Blick zu. »Bis bald, Christine.«

So ein Weiberheld. War ja klar. Na, von euch habe ich die Nase voll!

Dann wendet er sich mir zu. »Das Lebkuchenhäuserl, wo ich wohne, ist gleich da vorne.« Er zeigt auf ein beleuchtetes Fenster nicht weit von uns entfernt. Aus dem Schornstein der Hütte dringt heller Rauch. »Das Sternhäuserl liegt nur fünfzig Meter weiter.« Schon wieder grinst er mich an und zwinkert mir zu. Hat er vielleicht was im Auge?

Mich beeindruckt er damit ganz und gar nicht. Und was soll überhaupt diese alberne Wichtelmütze? Schon deutet er darauf, als hätte er meine Gedanken erraten. »Falls dich die Mütze irritiert, ich helfe hier aus. Ein Wichtel für alle Fälle und so. Also falls du irgendwie Hilfe brauchst, ich bin gleich nebenan.«

Ich verziehe das Gesicht. »Schönen Dank, ich komme gut allein zurecht.«

»Na dann«, antwortet er nur noch, setzt sich mit meinem Gepäck in Bewegung, und ich folge ihm schweigend durch die Nacht, vorbei am Lebkuchenhäuserl und weiter zu meiner Sternhäuserlhütte.

»So, da wären wir.« Der Lebkuchenmann trägt meine Koffer die Stufen zum Eingang hinauf.

Ich folge ihm, und weil er plötzlich einfach anhält, bleibt mir nichts anderes übrig, als mich dicht an ihm vorbeizudrücken, um die Tür aufzuschließen. Sofort dringt mir ein Hauch seines Aftershaves in die Nase.

Kurz bin ich irritiert über die Wärme in meinem Bauch, doch dann stoße ich die Tür auf und schalte das Licht ein, das sofort die gemütlich aussehende Hüttenstube durchflutet.

Ein Poltern in meinem Rücken verrät mir, dass der Lebkuchenmann gerade meine Koffer abgestellt hat. Ich drehe mich zu ihm um. »Also vielen Dank für die Hilfe«, sage ich und blicke ihm in die Augen, etwas zu lange. Sie sind wirklich ganz besonders zuckergussgrau, und wenn man genau hinsieht, erkennt man winzige nussbraune Sprenkel darin.

Ganz plötzlich habe ich das Gefühl, dass die Zeit kurz stehen bleibt. Himmel, Marie, reiß dich zusammen!

»Okay, dann werde ich mal auspacken«, stammle ich, in der Hoffnung, dass er den kleinen Wink versteht, doch er macht keine Anstalten zu gehen.

Ach ja, richtig, ich sollte ihm wohl etwas Trinkgeld geben. Ob es das ist, worauf er wartet?

Nervös suche ich nach meinem Geldbeutel, doch ich kann ihn nicht finden. Wo habe ich ihn denn hingepackt, als ich den Taxifahrer bezahlt hatte? Dann krame ich in meiner Jackentasche nach ein bisschen Kleingeld, aber nein, da ist auch nichts.

»Tut mir leid, ich …« Weiter komme ich nicht, denn schon macht er einen Schritt auf mich zu und sieht mich mit einem tiefen Blick an. Was wird das denn jetzt?

»Nun, ich lasse mich zur Not auch wieder von dir ablecken«, raunt er mir zu.

Meine Beine fangen an zu zittern. Bestimmt weicht jetzt alle Farbe aus meinem Gesicht.

Ablecken? Hat er das gerade wirklich gesagt? Oh Mann, er hat mich also erkannt.

»Na, wie toll. Du hast die ganze Zeit gewusst, dass ich es bin, oder?« Beschämt schlage ich die Hände vors Gesicht.

»Ach, mach dir nichts draus. Du darfst mich sehr gerne ablecken«, sagt er mit einem breiten Lächeln und wackelt mit den Augenbrauen. Ha, er hält sich wohl für unwiderstehlich mit seinen Zimthaaren und den Zuckergussaugen! Und irgendwie sieht er ja auch wirklich gut aus, zum Anbeißen, selbst mit dieser bescheuerten Mütze auf dem Kopf.

Aber so leicht bin ich nicht mehr zu beeindrucken, diese Zeiten sind vorbei.

Energisch stemme ich die Hände in die Hüften. »Du kommst dir wohl unwiderstehlich vor, was? Diese Nummer zieht aber bei mir nicht. Und sei dir sicher, ich werde dich nirgendwo ablecken. Niemals! Von Typen wie dir habe ich die Nase voll. Also lass es sein.«

Er hebt beschwichtigend die Hände. »Ja, ja, das sagen sie zuerst alle«, raunt er, und seine Lippen verziehen sich zu einem sexy, hauchzarten Grinsen. Und mir bleibt nichts anderes übrig, als sie anzustarren. Wie weich sie aussehen. Ja, sie sind wirklich unglaublich weich. Sofort denke ich an den Kuss von neulich. Daran, wie gut er geschmeckt hat. Und das hat er tatsächlich.

Stopp, stopp, stopp! Was sind denn das für Gedanken?

Weil ich nicht auf sein gehauchtes Geschmalze eingehe, dreht er sich um, und ich folge ihm zur Tür.

»Du glaubst also, ich würde dich gerne ablecken?«, frage ich ihn, als er über die Schwelle ins Freie tritt.

Jetzt habe ich seine Aufmerksamkeit. Und gerade als er sich noch einmal zu mir umdrehen will, schlage ich ihm einfach die Tür vor der Nase zu. »Träum weiter. Ich bin nicht wie alle anderen!«, rufe ich und höre ihn draußen laut lachen.

»Mein Gott, ich hätte nicht gedacht, dass du so eine verklemmte, einsame Langweilerin bist. Verstehst du denn gar keinen Spaß? Mal ehrlich, kein Wunder, dass dich dieser Adam in den Wind geschossen hat!«

Ein tiefer Stich bohrt sich in mein verwundetes Herz, und ich reiße die Tür wieder auf. Wut macht sich überall in mir breit. »Was fällt dir ein, du Möchtegernwichtel auf Abwegen? Du weißt überhaupt nichts von mir und Adam!« Meine Stimme zittert, und Tränen treten mir in die Augen.

Entgeistert sieht er mich an und beugt sich zu mir nach vorne. »Also hör mal …«

Doch bevor er weitersprechen und ich die Tränen nicht mehr zurückhalten kann, schlage ich die Tür erneut zu und höre ihn aufschreien: »Aua! Verdammt, das war meine Nase!«

Hoffentlich habe ich sie ihm auch wenigstens gebrochen.

Eine einsame, verklemmte Langweilerin? So ein Idiot. Was bildet der sich nur ein?

Der soll froh sein, dass es nur seine Nase war und nicht seine Nüsse!

Was ich mir wünsche

»Dann bin ich eben einsam, aber ich kann damit leben«, heule ich ins Telefon. Mein Laptop steht vor mir, und ich blicke auf ein Foto von Adam und mir aus glücklichen Zeiten, als es in seinem Leben noch kein blondgelocktes Christkind gab.

Milly atmet so laut aus, dass ich es durchs Telefon hören kann. »Meine Güte, nicht schon wieder diese Leier. Wie oft wollen wir das jetzt noch durchkauen? Ja, das war wirklich gemein von diesem Lebkuchenwichtelmann. Aber trotzdem kannst du dich doch nicht die ganze Zeit in deiner Hütte verkriechen. Warst du wirklich seit drei Tagen noch kein einziges Mal draußen?«

»Doch, zum Einkaufen. Aber dann bin ich wieder diesem Lebkuchenmann über den Weg gelaufen, und er hat sogar einen Schneeball nach mir geworfen. Der Typ ist total bescheuert.«

»Himmel, Marie, du bist in einem Winterdorf! Und wenn dieser Herr Klaus schon kurzfristig wegmusste, dann nutze doch die Zeit wenigstens für irgendwas Spaßiges. Wirf diesem Lebkuchenmann einen Schneeball zurück, besuche die Rentierfarm oder was weiß ich. Entspann dich mal. Bezahlter Urlaub ist doch genial.«

»Nein! Das war so nicht geplant. Ich habe dieser Christine gesagt, dass ich morgen abreise. Ich habe die Nase voll!«, schnaube ich. »Hier wimmelt es nur so von Weihnachtsfröhlichkeit, ich mag mich nicht davon anstecken lassen, nicht mal dran denken. Später mache ich einen letzten Einkauf. Aber ich gehe erst, wenn da drüben in der Hütte kein Licht mehr brennt. Diesem Fiesling will ich nicht wieder begegnen!«

Milly kichert. »Du wirst langsam echt ziemlich irre, weißt du das? Ich sehe dich vor meinem geistigen Auge mit deinen zerzausten Haaren am Fenster stehen und zu seiner Hütte hinüberstarren. Gruselig.«

»Wenn einer gruselig ist, dann ist das dieser Typ! Bei dem gehen die Mädchen ein und aus. Vorhin habe ich schon wieder eine reingehen sehen.«

»Neidisch?«

»Spinnst du?«

»Na, wie lange ist es jetzt her, dass du … na ja, das Sternentor geöffnet hast?«

»Wie redest du denn daher?«

»Ich wollte es schön umschreiben.« Erneut kichert sie.

»Na und? Dann hatte ich halt seit längerer Zeit keinen Sex mehr.« Doch dann überkommt es mich, und ich seufze tief. »Ach Milly, ich weiß, ich klinge verbittert. Aber ich habe mir das echt alles anders vorgestellt. Ich wollte mich mit Arbeit ablenken und so der Einsamkeit entfliehen. Doch gerade fühle ich mich einsamer als jemals zuvor. Und dieser doofe Adam schreibt auch dauernd – seine letzte Nachricht war ziemlich gemein. Er meinte, ich sei verbittert und soll mich doch bitte mal professionell verhalten. Was fällt dem eigentlich ein? Und dann dieser Herr Klaus. Ich dachte, er will unbedingt mit mir an seiner Biografie arbeiten. Was zum Teufel kann denn so wichtig sein, dass er wegmuss, obwohl ich jetzt da bin?«

»Wie gesagt, du musst nicht in deiner Hütte rumsitzen. Nutze doch die Zeit bis zu seiner Rückkehr, um wirklich mal abzuschalten. Ich wette, du hast wieder gearbeitet. Vielleicht sogar an Adams Manuskript?«

Ertappt blicke ich von meinem Laptop auf, aber Milly kann es glücklicherweise nicht sehen. »Ähm, nein.«

»Dann schaust du wieder alte Fotos an, was genauso fürchterlich ist.«

»Das tue ich nicht!«

»Da ist so ein Piepsen in deiner Stimme, wenn du lügst, also hör sofort auf damit.«

»Ja, na schön. Aber es ist doch so: Niemand liebt mich, ich bin allein und einsam, wie dieser blöde Lebkuchenmann gesagt hat.«

»Ach Marie, sei still!«

»Das war so gemein«, flüstere ich und starre auf den Laptop, wo noch immer das Bild von Adam und mir zu sehen ist.

Bin ich wirklich so eine Langweilerin geworden? Dabei war ich das nie.

»Tu doch einfach mal was, worauf du wirklich Lust hast«, ermuntert mich Milly. »Hau auf den Putz, schlag über die Stränge. Es muss doch etwas geben, das du dir wünschst, Süße.«

In meiner Brust sticht es kurz. Ich hatte immer viele Wünsche.

»Also?«, hakt sie nach.

»Keine Ahnung. Ach, das mit den Wünschen ist doch alles nur eine Illusion! Nur weil ich mir etwas wünsche, muss es noch lange nicht in

Erfüllung gehen.« Das habe ich ja bereits des Öfteren erlebt.

»Also wünschst du dir nichts?«

»Doch, schon. Aber das hat doch alles keinen Sinn.« Energisch klappe ich den Laptop zusammen.

Ich hatte gedacht, mit Adam endlich eine Familie zu haben. Aber was ist daraus geworden?

»Nun, ab und an muss man sich schon was Gutes tun und sich die kleinen Wünsche selbst erfüllen«, gibt Milly zu bedenken.

Ich zucke die Schultern. »Mal sehen, vielleicht hast du ja recht. Ich werde jetzt zumindest mal rausgehen und mir was zu essen besorgen, denn das wünscht sich mein Magen sehnlichst. Und dann mache ich nichts, rein gar nichts. Vielleicht einen Film schauen oder heiß baden. Womöglich tanze ich danach sogar nackt durch die Hütte. Denn auch wenn ich nicht an Wünsche glaube, bin ich absolut nicht langweilig!«

Milly kichert. »Ja, zeig es deiner Hüttenstube! Zeig ihr, wie sehr du es krachen lassen kannst. Paris Hilton oder die Kardashians wären stolz auf dich.«

»Du bist doof, weißt du das?«, rufe ich, und als sie vor Lachen kaum noch reden kann, verabschieden wir uns rasch voneinander und legen auf.

Dann schlüpfe ich in meine Klamotten und nehme meinen pinkfarbenen Schal, der ganz und gar nicht langweilig ist. Wenn schon, denn schon.

Gerade als ich aus der Tür treten will, piept mein Handy. Sicher hat mir Milly noch irgendeine lustige Nachricht geschickt. Doch die SMS ist von Adam:

Hey, wo steckst du denn? Du bist doch sonst immer erreichbar.

»Ha!«, rufe ich laut. Genau das war mein Fehler, doch das wird sich jetzt ändern. Schluss damit.

Adam, lass mich in Frieden und melde dich nicht mehr bei mir! Ich kümmere mich nicht mehr um dein Zeug. Die Zeiten der pflichtbewussten Marie sind vorbei, jetzt bricht ein neues Zeitalter an.

Kurz überlege ich, ob ich diesen Text wirklich abschicken soll, aber ich tue es einfach, und es fühlt sich gut an.

Dann schlüpfe ich in meine warmen Schuhe und verlasse die Hütte.

Ich bin nicht langweilig!

Was für Ideen einem kommen, wenn man zu lange alleine in einer Hütte sitzt …

Nach dem Einkaufen habe ich mir ein heißes Bad eingelassen, anschließend zwei Schnulzenfilme angesehen und mir dabei Zöpfe geflochten. Aber ehrlich gesagt war das alles nicht besonders aufregend. Noch viel zu langweilig. Also habe ich kurzerhand eine Flasche Wein geköpft und hüpfe nun seit einer guten Viertelstunde nur in ein Handtuch gewickelt durch die Stube. Ich mache meine eigene Party. Gut, ich habe mir schon Gäste eingeladen, denn meine Hausschuhe mit dem Einhornmotiv blicken mich etwas mitleidig vom Sofa aus an.

»Jetzt macht doch mal mit. Ihr seid solche Langweiler!«, rufe ich ihnen zu, als es an der Tür klopft. »Ach herrje, bekommen wir Besuch?«

Ich renne zur Tür und reiße sie schwungvoll auf. Leider etwas zu schwungvoll, denn vor den

Augen des Lebkuchenmannes, der mich mit offenem Mund anstarrt, rutscht mir das Handtuch zu Boden, und ich stehe nackt vor ihm, wie auf dem Präsentierteller.

»Oh«, sagt er erst nur. Dann fängt er an zu grinsen und zwinkert mir zu. »Also mit so einem Empfang habe ich nicht gerechnet.«

Ich will augenblicklich von einer Schneelawine erschlagen werden!

Schnell sammle ich das Handtuch auf und schlage die Tür wieder zu. »Was willst du überhaupt hier? Verschwinde!«

»Bei dir war so ein merkwürdiges Geschrei«, höre ich ihn draußen sagen. »Da dachte ich, ich sehe mal nach, ob es dir gut geht. Hat sich nämlich echt gruselig angehört.«

»Das war kein Geschrei. Ich habe gesungen!«

»Sag ich doch, es war wirklich ziemlich gruselig.«

»Ha, ha, du bist ganz witzig, oder? Kannst du auch noch was anderes, als mich ständig zu beleidigen?«

»Bitte mach noch mal die Tür auf, nur einen einzigen Moment.« Seine Stimme hört sich jetzt tatsächlich etwas flehend an, und ich beschließe, nachzugeben.

Also werfe ich mir meinen Bademantel über und öffne ihm. »Was willst du denn?«

»Eigentlich bin ich gekommen, um mich bei dir zu entschuldigen. Das mit der verklemmten, einsamen Langweilerin war nämlich echt nicht nett von mir.«

»Allerdings! Denn ich bin nicht langweilig.« Unsere Blicke treffen sich, und ich flüstere: »Nur einsam.«

Habe ich das gerade wirklich gesagt? Wie erbärmlich bin ich denn eigentlich? Na ja, wenigstens rede ich nun mit einem Menschen und nicht nur mit meinen Einhornhausschuhen.

Doch es ist die Wahrheit, das ist mir bereits vor ein paar Monaten klar geworden, seit ich Adam hinterhertrauere.

»Aber egal.« Ich winke ab. »Ich werde ohnehin morgen abreisen. Dann bist du mich wieder los, wir brauchen uns nicht mehr zu sehen und uns gegenseitig auf den Keks zu gehen. Du kannst weiter deine Weiber aufreißen, während mein Sternentor geschlossen ist ...«

Rasch schlage ich mir die Hand vor den Mund. Oh, bitte nicht das mit dem Sternentor! Mist, Mist, Mist!

Mit zusammengekniffenen Augen mustert er mich. »Was für ein Tor?«

»Ach, vergiss es. Das wollte ich gar nicht sagen. Du machst mich rasend, das habe ich schon den beiden Einhörnern erzählt.«

Okay, das mit den Einhörnern macht es auch nicht besser. Ich werde nie wieder Wein trinken. Wie war das noch mal mit dem Wein und der Wahrheit?

»Aber wolltest du dich nicht entschuldigen?«, frage ich, um das Thema zu wechseln. Schließlich ist er doch deswegen hier, oder?

»Ja also, es tut mir leid.«

»Okay, Entschuldigung angenommen. Also dann, gute Nacht und …«

Auf Nimmerwiedersehen will ich noch hinzufügen, aber da greift er schon nach meiner Hand, zieht mich an sich, drückt die Tür zu und schiebt mich dagegen. Ehe ich mich versehe, legen sich seine Hände um meine Wangen. Er senkt den Kopf, blickt mir tief in die Augen, und bevor ich noch einen einzigen Atemzug machen kann, spüre ich bereits seine weichen Lippen, die sich voller Verlangen auf meine pressen.

Vor Aufregung droht mein Herz zu zerspringen, und ich erwidere etwas zu hastig seinen Kuss. Doch als er kurz innehält, werde auch ich ruhiger. Zärtlich, samtig zart streichen seine Lippen jetzt über meine. Mein nervöses Herz macht einen Ruck, hebt ab und fällt dann wieder in meinen Brustkorb zurück. Während sich unser Kuss weiter vertieft, schlinge ich die Arme um seinen starken Nacken. Unsere Zungenspitzen ertasten sich, und die Hitze, die sich in mir breitmacht, droht mich schmelzen zu lassen wie die winzigen Schneeflocken, die der Wind eben in die Hütte hereingeweht hat.

Dieser Geschmack von Minze vermischt mit Schokolade macht mich wahnsinnig, und ich lasse es zu, dass seine Hände zu meiner Taille hinabwandern. Mein Herz bebt, und ich spüre seit einer Ewigkeit wieder meinen Körper.

Als er sich von mir löst und seine Augen auf mir ruhen, dehnt sich die Zeit aus.

»Was war das denn?«, frage ich, nachdem wir ein paar Sekunden so dagestanden haben.

»Ein Kuss«, haucht er. »Ich dachte, das ist eine gute Gelegenheit, um dich zum Schweigen zu bringen.«

Unsanft stoße ich ihn von mir. »Wie bitte? Was fällt dir ein, mich zu küssen?«

»Na ja, das war einfach ein Impuls oder so. Ich dachte, du willst es auch …«

»Was? Du dachtest, nur weil ich zu viel getrunken habe und etwas traurig dreinblicke, kannst du die Situation ausnutzen und mir helfen, indem du mir deine Zunge in den Hals schiebst?«

»Nein, ich dachte … ich weiß nicht. Es kam einfach so über mich.«

Wütend funkele ich ihn an. »Genau, du dachtest gar nichts. Also ehrlich!«

»Himmel, das war nur ein Kuss! Beruhige dich mal wieder.«

Doch damit macht er mich nur noch rasender. »Nur ein Kuss? Weißt du, was so ein Kuss alles anstellen kann? Was er alles verändern kann? Das macht man nicht einfach so!«

»Meine Güte, jetzt mach doch kein Drama draus!«

Eine Weile sehen wir uns an, dann kommt er wieder näher. »Bekomme ich noch einen?«

Auf Nimmerwiedersehen, Lebkuchenmann

»Ich weiß gar nicht, wie ich das tun konnte«, flüstere ich ins Telefon und blicke auf das Chaos, das wir im Wohnzimmer angerichtet haben. »Es ist so weit, ich bin eindeutig verrückt geworden. Diese Bergluft bekommt mir nicht. Wenn du sehen könntest, wie das hier aussieht. Wir haben die ganze Zeit wild herumgeknutscht.«

Milly kichert. »Wenn du mich fragst, hört sich das nach einer unglaublichen heißen, hocherotischen Nacht an, meine Liebe. Wo ist er überhaupt?«

»Er liegt noch im Bett. Da sind wir irgendwann gelandet und eingeschlafen.«

»Na, und was machst du dann im Wohnzimmer? Du solltest dich zu ihm legen!«

»Ich muss doch packen.« Verzweifelt streiche ich mir das zerzauste Haar glatt.

»Du willst also immer noch abreisen?«

»Ja natürlich, jetzt erst recht. Ich hätte mich doch sonst nie auf das Abenteuer mit diesem Aufreißer eingelassen. So was mache ich nicht. Das bin nicht ich. Erst schubse ich ihn weg und dann? Ich bin am Verzweifeln.«

Irgendwo summt es, und ich greife nach seinem Handy, das am Boden liegt und auf dem der Name *Nina* aufblinkt.

»Und ich habe mich nicht getäuscht«, sage ich, und ein winziger Stich breitet sich in meinem Herzen aus. »Ich habe gerade sein Handy in der Hand, und da wartet eine gewisse Nina wohl auch auf eine Wiederholung einer heißen Nacht.« Plötzlich höre ich Geräusche. »Milly, ich glaube, er kommt. Ich melde mich später wieder.«

Hastig beende ich das Gespräch, und noch bevor ich sein Handy zurück auf den Boden legen kann, betritt er auch schon den Raum.

»Hey, guten Morgen.« Sein Blick wandert zu seinem Smartphone in meiner Hand.

»Es ist nicht, wie es aussieht«, sage ich und hoffe, dass er das leichte Zittern in meiner Stimme nicht bemerkt. »Es hat geklingelt, und ich habe es aufgehoben. Nicht dass du glaubst, ich hätte darin geschnüffelt oder so. Denn so jemand bin ich wirklich nicht. Und überhaupt, warum sollte ich das tun?«

Ich reiche ihm das Handy, und er nickt. Wie verschlafen er aussieht. Die Haare stehen ihm wirr vom Kopf ab. Und dieser Oberkörper ... Ich muss zugeben, ich habe noch nie mit einem Mann geschlafen, der so einen unglaublich durchtrainierten Körper hat. Ich habe auch noch nie mit einem Mann geschlafen, der solche Dinge mit mir angestellt hat. Bei dem Gedanken wandert sofort ein heißer Schauer durch mich hindurch.

»Schon okay, danke.« Er lässt seinen Blick über das Chaos schweifen. »Wow, waren wir das?«

Ich zeige auf die Einhornhausschuhe. »Nein, die beiden waren es. Ich habe sie gerade zur Schnecke gemacht.« Verlegen streiche ich mir eine Haarsträhne hinters Ohr.

»Du bist lustig«, sagt er, da fällt mir auf, dass ich nur in Unterwäsche dastehe.

»Oh«, entfährt es mir. Rasch greife ich nach einem Shirt, das am Boden liegt, und schlüpfe hinein.

Er kommt näher zu mir her, und meine Augen hängen erneut an seinen weichen Lippen. Ich kann meinen Blick einfach nicht von ihm lösen.

»Mein Shirt steht dir gut«, raunt er und zieht mich an sich.

Wieder diese Hitze. Aber zuerst muss ich was klären. »Sag mal, wie heißt du eigentlich?«, flüstere ich.

»Nun, du hast mich die ganze Zeit *Lebkuchenmann* genannt.« Mit einem schiefen Lächeln auf den Lippen streicht er mir durchs Haar und löst damit eine Sehnsucht in mir aus, die ich ewig nicht mehr gespürt habe. »Erinnerst du dich noch daran?«

»Oh Gott, habe ich das also wirklich laut gesagt?« Ich trete einen Schritt zurück und halte mir die Hände vors Gesicht. Wie peinlich!

»Ja, warum eigentlich?«

»Das, ähm … ach, vergiss es.«

»Na gut, dann verrate ich dir jetzt meinen richtigen Namen. Ich heiße Niklas.«

»Niklas«, wiederhole ich. Der Name ist schön, ich finde, er passt zu ihm.

»Und du hast also die Nase voll von Weihnachten, den Wünschen und allem, was sonst noch dazugehört?«, fragt er.

Oh mein Gott, was habe ich in dieser Nacht denn noch alles verraten? Das mit dem Sternentor war schon peinlich genug. Insgeheim hoffe ich, dass ich nicht auch noch von meinem ersten Kuss oder meinem ersten Mal erzählt habe. Nicht auszudenken, wenn doch. So romantisch war das nämlich alles nicht. Jürgen, der Züngler, und Andreas, das Kaninchen …

Er sieht mich immer noch fragend an, und jetzt muss ich ihm wohl antworten. »Na ja, weißt du, seit der Trennung meiner Eltern waren meine Weihnachtsfeste immer ziemlich bescheiden.«

»Wirklich? Keine tollen Familienabende, Bratäpfel aus dem Ofen, Spaziergänge im Schnee, Schlittschuhfahren, herzerweichende Geschenke, kitschige Liebeserklärungen und überall Lametta?«

Ich schüttle den Kopf. »Nein, eher explodierende Truthähne, brennende Weihnachtsbäume und Pornos auf DVD. Außerdem habe ich mir einmal mit der Wimperntusche ins Auge gestochen. Und als Krönung darf die dumme Pute, die mir Adam ausgespannt hat, dieses Jahr das Nürnberger Christkind spielen. Willst du noch mehr wissen?«

Schon wieder dieses schiefe Lächeln. »Nein, lieber nicht. Aber für mich klingt das nach aufregenden Weihnachten.«

»Na, so kann man es auch nennen.«

Unsere Blicke treffen sich erneut, und alles in mir fängt an zu kribbeln.

»Hey, also die Nacht mit dir war wirklich schön …«

Ich weiß nicht, was er noch sagen will, bestimmt kommt gleich irgendein *Aber*.

Deswegen hebe ich eilig die Hand. »Keine Sorge, ich habe mir davon absolut nichts versprochen, falls du das meinst. Ich weiß, dass bei dir die Frauen ein und aus gehen. Außerdem reise ich heute schon wieder ab. Ich will nichts von dir, da sind keine Gefühle. Wer weiß, ob ich überhaupt jemals wieder irgendwelche Gefühle haben werde. Und verlieben werde ich mich sowieso niemals wieder.« Ich winke ab. »Tut mir leid, ich sollte nicht so viel reden. Wir sind uns also einig?«

Er lächelt, und es scheint, als würde ihn das ein wenig verlegen machen. »Ich muss dann mal wieder los. Das heißt also, wir werden uns wohl nicht mehr sehen?«

»Genau. Auf Nimmerwiedersehen, Lebkuchenmann Niklas.«

»Okay.« Er schlüpft in seine Jacke.

»Ach ja, dein Shirt«, flüstere ich, doch er legt mir einen Finger auf die Lippen.

»Lass es an. Du kannst es behalten.« Irgendwas in seinen Augen wirkt verändert, aber ich weiß nicht, was es ist.

Schließlich atmet er tief durch und tritt zur Tür.

»Danke für die Nacht«, sage ich.

Nachdem er die Klinke hinuntergedrückt hat, dreht er sich noch mal zu mir um. »Gerne. Und Marie?«

»Ja?«

»Wenn du es dir doch noch anders überlegst und nicht abreist, ich bin auch noch ein bisschen hier. Du findest mich meistens in der Bar, einfach den Hauptweg runter. Falls dir langweilig sein sollte, wäre es schön, wenn wir uns dort wiedersehen, ja?«

Er will mich wiedersehen? Das überrascht mich jetzt aber.

»Wohl eher nicht«, antworte ich mit belegter Stimme.

Er nickt. »Klar. Und übrigens, du bist wirklich nicht wie alle anderen. Und schon gar nicht so langweilig, wie ich dachte.«

Ein klitzekleines Lächeln kommt mir über die Lippen. »Das werde ich dann mal als Kompliment nehmen.«

»Ja, das kannst du auch.«

Dann schließt er die Tür endgültig hinter sich.

Der Stern zeigt uns den Weg

»Frau Wünsch, Frau Wünsch, warten Sie!« Das Engelchen kommt auf meine Hütte zugelaufen, aus der ich gerade das Gepäck schleppe.

»Was ist denn los?«

Völlig außer Atem steht sie vor mir. »Bitte reisen Sie noch nicht ab. Herr Klaus hat sich gerade gemeldet, er wird morgen, spätestens übermorgen wieder zurück sein. Können Sie noch so lange warten?«

»Jetzt habe ich aber schon alles gepackt.« Ich zucke mit den Schultern, doch das Engelchen sieht mich flehend an.

»Bitte. Gefällt es Ihnen denn hier nicht?«

Sofort schießen mir Bilder von der letzten Nacht mit Niklas ins Gedächtnis. Seine hauchzarten Küsse, die brennend über meine Haut gewandert sind. Sein Mund, der überall war, an Stellen meines Körpers, die bisher noch kein anderer Mund erkundet hat, nicht mal der von Adam.

Himmel, mir wird warm, und ich spüre, wie mir die Röte auf die Wangen schießt. »Ähm, das schon, aber ...«

»Na, dann warten Sie doch noch, bitte. Sie werden es sicher nicht bereuen.«

»Also schön«, sage ich, und sie lächelt.

»Prima, dann gebe ich Herrn Klaus Bescheid.«

So aufregend die letzte Nacht auch war, so langweilig ist der nächste Abend.

Was Niklas wohl gerade macht?, frage ich mich, während Milly am Telefon auf mich einquasselt.

»Warum gehst du nicht in die Bar und triffst ihn noch mal? Er hat doch gesagt, er würde sich darüber freuen«, sagt sie voller Überzeugung.

»Meinst du? Ich weiß nicht, vielleicht hat er das auch nur so dahergesagt. Und wenn es dann merkwürdig wird, ist der Zauber dieser einen Nacht zerstört.«

»Ach, so ein Unsinn! Vielleicht habt ihr sogar noch eine weitere wundervolle Nacht. Los, schwing deinen Hintern raus und triff dich mit ihm!«

»Was? Ist das dein Ernst?«

»Warum denn nicht? Ich dachte, du bist jetzt nicht mehr die langweilige Marie?«

»Du bist blöd. Ich lege jetzt auf«, sage ich nur noch, und das tue ich dann auch. Dieser ganze Aufenthalt hier ist mehr als verrückt.

Da sitze ich, denke nach, und das Nachdenken nervt mich. Vielleicht sollte ich noch ein wenig arbeiten? Oder mal wieder meine Mails checken?

Nein, Marie, du wirst gerade doch wieder zu einer unglaublichen Langweilerin! Milly hatte recht. Der Lebkuchenmann befindet sich nicht weit von mir entfernt in einer Bar und würde sich freuen, mich noch einmal zu sehen. Und was tue ich? Sitze hier alleine in meiner Hütte und grüble. Und bevor er eine andere aufreißt, könnte es ja noch mal ich sein.

Bei der Gelegenheit könnte ich auch mal wieder ausgehen. Ich war ewig nicht mehr so richtig aus. Aber nicht dass er denkt, ich laufe ihm nach, denn das tue ich nicht. Doch ich könnte ja wenigstens mal nachsehen.

Wenig später stecke ich in einem Wollkleid, Leggings, Boots und meinem Wintermantel und stapfe durch das beleuchtete Hüttendorf in Richtung Bar.

Das war ja eine tolle Idee, so durch die Kälte zu laufen. Was hat mich da nur geritten? Eigentlich sollte ich sofort kehrtmachen, aber als ich am Wegesrand eine Bank entdecke, beschließe ich, für einen kurzen Moment innezuhalten und mich hinzusetzen.

Die Sterne funkeln über meinem Kopf, einer von ihnen besonders hell. Er sieht schön aus, genauso wie man sich in Märchen Sterne immer vorstellt.

Ich bücke mich, forme einen Schneeball und werfe ihn hoch in die Luft. Dann noch einen, den ich in Richtung Wald schleudere. Irgendwie macht es Spaß.

Doch plötzlich höre ich ein »Aua«, gefolgt von einem Stöhnen, und ich sehe mich suchend um. Ein älterer Herr steht da ein paar Schritte von mir entfernt und klopft sich den Schnee vom Mantel.

»Oh weh!«, rufe ich, stehe auf und gehe auf ihn zu. »Tut mir ehrlich leid, ich wollte Sie nicht treffen.« Ich helfe ihm, sich von dem restlichen Schnee zu befreien, bin dabei aber so hastig am Werk, dass ich ihn fast umstoße. »Entschuldigung«, stammle ich, »Sie müssen mich für total ungeschickt halten.«

Er fängt an zu lachen. »Keine Sorge, alles in Ordnung.«

»Dann bin ich beruhigt.« Ich atme tief durch. Die Kälte ist jetzt greifbar, und eine kleine Atemwolke kommt aus meinem Mund. Trotz meiner Handschuhe fröstelt es mich, und ich reibe die Hände aneinander.

»Es ist zwar kalt, aber ich liebe es, am Abend einfach durch den Schnee zu spazieren.« Ein warmes Lächeln macht sich auf den faltigen Lippen des Mannes breit. Ein weißer Bart spannt sich drumherum, und er sieht ein wenig aus wie der Nikolaus persönlich. Ein alberner Gedanke.

»Wissen Sie, man sollte öfter rausgehen, egal wie das Wetter gerade ist. Man weiß nämlich nie, was einen Tolles erwartet. Gerade eben habe ich zum Beispiel dieses hübsche Stück Holz entdeckt. Sie müssen wissen, ich schnitze sehr gerne.« Er zeigt auf die Bank, auf der ich eben noch saß. »Wollen wir uns einen Moment setzen?«

»Klar«, sage ich und begleite ihn zurück zur Bank. Dann blicken wir eine Weile gemeinsam in den Himmel.

»Sehen Sie den Stern da oben?« Er deutet auf den hellen Stern, der mir eben schon aufgefallen ist.

»Ja, er ist echt hübsch. Ich habe ihn vorhin schon bewundert.«

Er lächelt und blickt mir in die Augen. »Das ist übrigens der Weihnachtsstern.«

»Ja? Wirklich?«

»Oh ja, natürlich. Wussten Sie das nicht?« Er zwinkert mir zu. »In den Nächten, in denen der Weihnachtsstern am Himmel leuchtet und seinen Winterzauber versprüht, kommen wir unseren Wünschen und den kleinen Wundern etwas näher. Der Stern zeigt uns den richtigen Weg, so sagt man.«

Ich zucke mit den Schultern. »Na ja, an so was wie Wünsche oder Wunder glaube ich schon lange nicht mehr.«

»Nicht?«

»Nein, genauso wenig wie an den Weihnachtsmann und andere angebliche Wunder.«

»Wie schade. Aber haben Sie wenigstens einen schönen Aufenthalt hier?«

»Ja, zuerst war er nicht so toll, und ich wollte schon abreisen, aber gestern hatte ich zum ersten Mal wieder wirklich Spaß.« Oh weh, das wollte ich eigentlich gar nicht sagen.

»Ah, Sie haben wohl jemanden kennengelernt. Habe ich Recht?«

»Ja, aber es ist ohne Bedeutung.«

Ein herzliches Lachen dringt aus seinem Bauch. »Aber wenn es ohne Bedeutung ist, warum sind Sie dann noch hier? Wissen Sie, manchmal ist so ein Wunder näher, als man glaubt, und das große Glück nicht mehr als einen Wunsch entfernt. Aber man steht sich zu oft selbst im Weg und muss manchmal sein eigenes kleines Wunder machen.« Er steht auf, als wollte er gehen, dreht sich aber noch mal zu mir um. »Nun denn, haben Sie noch einen schönen Abend. Für mich wird es Zeit, mein Hund Rudolf wartet sicher schon auf mich. Und denken Sie daran, der Stern der Weihnacht zeigt uns den Weg.«

Er lächelt mir ein letztes Mal zu, dann stapft er durch den Schnee davon, und ich sitze noch einige Minuten da.

Okay, was war das denn?

Sterne, Wunder, Zauber. Ach herrje. Na ja, alte Menschen klammern sich an allerhand. Aber natürlich ist das alles Blödsinn, oder?

Suchend blicke ich erneut zum Himmel, um den Stern noch einmal zu betrachten, doch er ist verschwunden. Merkwürdig.

Plötzlich entdecke ich ihn wieder, an einer ganz anderen Stelle als zuvor, diesmal eher in Richtung Dorf. Das ist ja ein Ding. Wie hat der Stern das gemacht? Zeigt er uns vielleicht wirklich den Weg? Na ja, ich kann ja mal nachsehen, wohin er mich führt, oder? Zu verlieren habe ich doch nichts.

Also stapfe ich los, folge dem Stern und lande tatsächlich im Dorf, genauer gesagt vor der Bar. Hat mich der Stern hierhergeführt? Vielleicht ist es ja wirklich ein Zeichen. Niklas hat schließlich gesagt, dass er meistens dort anzutreffen ist.

Ich werfe einen Blick durchs Fenster und erstarre. Ja, da ist Niklas. Doch meine Freude, ihn zu sehen, erlischt sogleich, denn er ist nicht allein. Neben ihm steht eine junge Frau, mit der er sich höchst interessiert unterhält.

Ein Stich geht durch mich hindurch. Danke, lieber Stern, ich weiß jetzt, was du mir zeigen wolltest. Dass ich total bescheuert bin. Und dass ich meinem Weg treu bleiben soll.

Verstehe einer die Männer. Warum hat Niklas denn überhaupt gesagt, dass ich hierherkommen soll? Ach, bilde dir nichts ein, Marie, ermahne ich mich. Das sagt er sicher jeder.

Jetzt aber rasch weg, nicht dass er mich noch hier draußen entdeckt. Aber leider bin ich zu spät. Schon sieht er zu mir her und lächelt, dann flüstert er dem Mädchen etwas ins Ohr und winkt mich herein. Doch ich schüttle den Kopf und wende mich zum Gehen ab. Jetzt aber schnell die Beine in die Hand nehmen.

Ich bin erst wenige Meter entfernt, da höre ich seine Stimme. »Marie, warum willst du denn wieder gehen? Komm doch rein.«

»Ach nein, schon okay, ich will dir wirklich nicht die Tour vermasseln.«

Er schüttelt den Kopf. »Das tust du nicht, ihr beide könnt euch doch kennenlernen. Sie ist sehr nett und ...«

Spinnt der?

»Schlag dir das mal gleich aus dem Kopf. Auf so was habe ich keine Lust. Ich weiß, ihr Männer träumt immer davon. Aber ich mache da nicht mit!« Entsetzt hebe ich die Hand und zeige ihm den ausgestreckten Mittelfinger.

»Hä, was meinst du?«, ruft er mir hinterher. »Also ehrlich, was ist denn los? Was hast du auf einmal?«

Doch ich antworte nicht mehr.

Ja, der Stern hat mir tatsächlich den Weg gezeigt.

Ein Missgeschick kommt selten allein

Der Aufenthalt hier scheint sich zu einer Tortur zu entwickeln, also beschließe ich am nächsten Morgen, mich doch an den Laptop zu setzen und mich mit Arbeit abzulenken. Ich könnte ja einfach mal ein paar alte Texte auf Vordermann bringen. Das hilft mir vielleicht, nicht mehr an irgendwelche Wunschsterne zu denken – oder an Niklas.

Und so arbeite ich bis zum Nachmittag, bis ich Durst verspüre und mir ein großes Glas Wasser hole.

Bevor ich mich zurück an den Schreibtisch setze, werfe ich doch einen verstohlenen Blick zu Niklas' Hütte und entdecke ihn auch prompt – natürlich wieder mit einer Frau im Schlepptau.

Warum habe ich mich nur auf ihn eingelassen? Ich bin ja so eine Idiotin!

Ist es überhaupt die von gestern Abend? Mir auch egal. Der Kerl ist einfach schrecklich.

Aufgebracht stelle ich das Glas neben dem Laptop ab – und dann ist es auch schon geschehen. Das Glas kippt, und das Wasser ergießt sich über die Tastatur.

»Oh nein!«, rufe ich voller Panik, und mein Herz bleibt für einen Sekundenbruchteil stehen. Das darf doch jetzt bitte nicht wahr sein!

Okay, ganz ruhig bleiben, rede ich mir ein, aber das ist leichter gesagt als getan. Was mache ich jetzt nur?

In diesem Moment schaltet sich das Gerät auch schon aus.

»Verdammt!« Aufgeregt greife ich nach dem Telefon und wähle die Nummer der Rezeption. Es tutet ein paarmal, dann höre ich Christines Engelsstimme.

In meiner Aufregung lasse ich sie erst gar nicht zu Wort kommen. »Ich habe ein Problem«, rufe ich in den Hörer.

»Welches denn?«

»Gibt es hier im Dorf irgendwo einen Reparaturservice für Technik? Ich habe mir Wasser über den Laptop geschüttet. Bitte schnell, sonst sind womöglich meine ganzen Daten weg!«

»Tut mir leid, hier im Dorf nicht, nur in der Stadt, im Einkaufscenter. Aber das ist schon ein Stück entfernt.«

Ich blicke aus dem Fenster. Niklas kommt gerade wieder aus seiner Hütte. Die Frau von gestern Abend folgt ihm und lässt sich zum Abschied einen Wangenkuss aufdrücken. Er sieht ihr kurz nach und geht dann zu seinem Auto.

»Auto«, murmle ich.

»Ja, ein Auto wäre gut«, sagt Christine, doch ich lege schon auf, renne zur Tür, schlüpfe in meine Stiefel und laufe, so schnell mich meine Beine tragen, zu Niklas. Ich muss ihn erwischen, ehe er in den Wagen steigt.

»Niklas, warte!«, rufe ich, und er dreht sich zu mir um.

Als ich völlig außer Atem vor ihm stehen bleibe, legt er den Kopf schief und grinst. »Ach ne, wie komme ich denn zu der Ehre?«

»Du musst mich in die Stadt fahren, es ist wichtig. Mein Laptop, ich habe Wasser drübergeschüttet.«

Warum grinst er denn immer noch?

»Was ist denn?«, frage ich völlig entgeistert.

»Bitte, lieber Niklas.«

»Was?«

»Na ja, das ist doch wohl das Mindeste, was du sagen kannst, nachdem du mir gestern Abend den Stinkefinger gezeigt hast, oder?«

Genervt rolle ich mit den Augen. »Na schön. Bitte, lieber Niklas.«

»Aber gerne, liebe Marie.« Plötzlich tritt er zwei Schritte auf mich zu und küsst mich ohne Vorwarnung auf den Mund.

Aufgebracht weiche ich zurück. »Was sollte das denn?«

»Ein Kuss, was sonst?« Er lächelt. »Du bist echt süß, wenn du dich so aufregst.«

Die ganze Fahrt über halte ich den Laptop liebevoll auf meinem Schoß und hoffe so sehr, dass noch was zu retten ist. Doch als der Mann vom Computerservice das Gerät durch seine Brille kritisch mustert und ständig nur »uiuiui« sagt, wird mir mehr und mehr himmelangst.

»Uiuiui? Was heißt das?«, frage ich schließlich ungeduldig, und er verzieht das Gesicht.

»Na ja, viel Hoffnung habe ich nicht, aber ich werde mein Bestes geben. Zwei Stunden, dann können Sie ihn vielleicht mitnehmen. Ich werde sehen, was ich tun kann.«

»Na schön. Du kannst gerne zurückfahren«, sage ich zu Niklas. »Ich nehme mir dann ein Taxi.«

Doch er bleibt neben mir sitzen. »Nein, ich warte.«

Glücklicherweise geht die Reparatur dann doch etwas schneller voran als gedacht, und ich kann den Laptop wieder in Empfang nehmen.

»Sie hatten Glück. Das Wasser hat keinen großen Schaden angerichtet«, erklärt mir der Mann.

»Sie sind ein Schatz, vielen Dank!« Ich könnte ihn wirklich umarmen.

Er nickt. »Ja, den Feierabend habe ich mir jetzt verdient. Wir schließen gleich.«

Niklas und ich machen uns auf den Weg, doch kurz bevor wir den Ausgang erreichen, bleibe ich stehen. »Ähm, ich muss eben mal«, sage ich verlegen.

»Du musst eben mal was?«

»Auf die Toilette.« Suchend sehe ich mich um und entdecke ein Schild, das die Treppe nach unten weist.

»Also gut, dann gehe ich eben auch«, murrt er und folgt mir.

Unten angekommen verschwinden wir jeweils in den Kabinen. Während ich mir die Hände wasche, betrachte ich mich im Spiegel. Oh Gott, ich sehe ziemlich zerzaust aus.

Als es an die Tür klopft, zucke ich zusammen. »Bist du bald mal fertig?«, höre ich Niklas' Stimme von draußen.

»Du nervst. Ich komme ja schon!« Rasch trockne ich mir die Hände ab, dann trete ich hinaus, doch zu unserer Verwunderung ist es dunkel im Geschäft, als wir die Treppe wieder hinaufsteigen. Nur die Notbeleuchtung ist noch in Betrieb.

»Was ist denn jetzt los?«, rufe ich und fühle Panik in mir aufsteigen. »Haben die uns vergessen?«

»Na ja«, meint Niklas gelassen, »um uns zu vergessen, hätten sie ja wissen müssen, dass wir noch auf der Toilette sind.«

»Das gibt's doch nicht!« Mein Herz hämmert, und ich verstehe nicht, wie er jetzt so ruhig sein kann. »Hallo, ist da jemand?«, rufe ich, doch es kommt keine Antwort.

»Als Kind habe ich mir ja immer gewünscht, mal in einem Kaufhaus eingesperrt zu sein«, meint Niklas trocken und sieht sich grinsend um.

Ich verziehe das Gesicht. »Schön für dich, aber ich will hier sicher nicht bleiben. Es muss doch irgendeinen Ausgang geben.«

»Na ja, ich kann mir für heute Abend auch was Besseres vorstellen. Ich muss mal eben telefonieren.« Er wendet sich ab, entfernt sich ein paar Schritte und zieht sein Handy aus der Tasche. Ich schnappe Worte auf wie »tut mir leid«, »ich versuche es, so schnell es geht« und »du bist ein Schatz«.

Als er zurückkommt, werfe ich ihm einen angesäuerten Blick zu. »Oh, habe ich dir eine Tour mit einem neuen Schneehasen versaut?«

»Marie, Marie, bist du etwa eifersüchtig?«

Ich tippe mir an die Stirn. »Von wegen!«

»Na, dann mach dir mal keine Sorgen um mich, ich habe alles im Griff.«

Erneut tippt er eine Nummer ins Telefon. »Guten Abend, Niklas Winter mein Name. Ich rufe an, weil ich mit einer Freundin im Kaufhaus eingeschlossen wurde ... Okay. Nein, ich verstehe das ... Vielen Dank, dann warten wir.«

»Was haben sie gesagt?«

»Dass es dauern kann.«

Ich seufze. »Na toll. Das ist wirklich ein Alptraum.«

Schweigend sitzen wir eine Weile da, bis er mich schließlich fragt: »Bist du immer noch so biestig wegen diesem kleinen Kuss?«

»Nein, ich bin nicht biestig wegen dem kleinen Kuss, sondern weil du ernsthaft geglaubt hast, ich will dich noch küssen, nach allem, was war. Denn das werde ich ganz sicher nicht tun. Und heute schon gar nicht!«

Sein Blick wirkt plötzlich verändert.

»Sorry«, sage ich und versuche, ein wenig friedlicher zu klingen, »ich war gemein. Es war wirklich nett, dass du mich hierhergefahren hast.«

»Entschuldigung angenommen.«

»Und jetzt?«

Er zuckt die Schultern. »Na ja, jetzt könnten wir versuchen, das Beste daraus zu machen. Das wäre mein Vorschlag.«

Alles auf Anfang

Da sitzen wir beide eingesperrt in einem Kaufhaus und spielen *Mensch ärgere dich nicht.*

»Ha, jetzt bist du fällig, pass auf. Eins, zwei, drei – gewonnen! Ich habe die letzte Figur im Haus.« Niklas lacht triumphierend.

Bereits die dritte Runde, die ich verloren habe. Ich seufze. »Schon wieder.«

»Noch ein Spiel?«, fragt er, aber ich schüttle den Kopf. »Nun, dann könnten wir versuchen, uns kennenzulernen«, schlägt er vor.

»Ach, und wie? Ich dachte, wir kennen uns bereits.«

Er zeigt auf eine der Buden, die zu einem kleinen Weihnachtsmarkt gehören. »Wir könnten so tun, als hätten wir uns erst hier getroffen. Du und ich, alles auf Anfang.«

»Im Ernst?«

»Ja. Warum nicht?« Er steht auf, greift nach meiner Hand, zieht mich zu der Bude und drückt mir eine Tasse in die Hand. »Warte, vielleicht ist da sogar noch ein Rest Glühwein drin.«

»Meinst du?«

»Probieren wir es aus.«

Er hält die Tasse unter den Spender, und als er auf einen Knopf drückt, fließt tatsächlich dampfender Glühwein heraus. »Na, wer sagt's denn!« Dann nimmt er noch eine Tasse und füllt sie ebenfalls auf.

Wir setzen uns mit den Glühweinbechern in einen mit viel Tannengrün und goldfarbenen Girlanden dekorierten Schlitten, und ich hätte nie gedacht, dass ich mich neben Niklas in dieser kitschigen Umgebung so wohlfühlen würde. Ich bin gespannt, wie er sich unser erneutes Kennenlernen vorgestellt hat.

»Also du schreibst Biografien?«, fragt er dann auch prompt, während das Kaufhaus in unserer Fantasie zu einem weihnachtlich geschmückten Dorfplatz wird.

Ich nicke. »Ja, aber nicht nur. Ich schreibe alles Mögliche, wozu man mich beauftragt. Es ist wirklich spannend. Nur manchmal wünschte ich mir, mehr herumzukommen. Ich sitze viel zu oft in meinem stillen Kämmerchen.«

Habe ich das eben tatsächlich gesagt?

»Na ja, du bist gerade in einem Hüttendorf. Das ist doch schon mal ein Anfang, oder?«

»Ja, der Auftrag von diesem Herrn Klaus kam wie gerufen, nach dem ganzen Schlamassel, das ich daheim hatte. Nur seltsam, dass er sich bisher nicht hat blicken lassen, dauernd kommt ihm was dazwischen. Ehrlich gesagt wäre ich am liebsten schon abgereist. Aber in den nächsten Tagen wird er wohl wieder da sein, dann geht es los. Und dafür brauche ich natürlich den Laptop.«

»Und welches Schlamassel hattest du daheim?«

Ich nehme einen Schluck aus meiner Tasse. »Na ja, ich wollte einfach abschalten, mich ablenken, alles vergessen und hinter mir lassen, vor allem Weihnachten. Aber dieser Plan hatte wohl seine Haken, wenn man bedenkt, wo wir gerade sind.«

Er überlegt kurz. »Es ist wegen diesem Adam, oder? Übrigens ein echt unangenehmer Kerl. Sehr unsympathisch.«

»Ja, irgendwie schon. Wegen Adam, dem Christkind, Weihnachten, meinem Leben, das im Chaos versinkt …«

»Dann war das mit dem Christkind also kein Witz?«

»Nein, das war alles andere als witzig. Er hat mich wirklich wegen diesem goldgelockten Möchtegern-Engelsweib abserviert. Einfach so.

Dabei waren wir glücklich, zumindest dachte ich es.«

»Die Dinge ändern sich manchmal zu schnell, dann überholt einen das Leben von links. Ich weiß sehr gut, was du mit dem Chaos meinst.« Mit einem Mal wirkt er sehr nachdenklich. Doch dann lächelt er. »Aber lass dir eines gesagt sein: Ich glaube, die Haare von diesem Christkind sind nicht echt. Es trägt eine Perücke.«

Ich muss kichern. »Echt? Danke, dass du mir das gesagt hast. Damit geht es mir gleich besser.«

»Bitte, gern geschehen.«

Ich wende meinen Kopf zu ihm und blicke ihm in die Augen. »Du bist immer so gelassen, als könnte dich nichts aus der Ruhe bringen.«

»Das wirkt aber nur so.« Er atmet tief durch, und da ist wieder dieser Ausdruck in seinem Gesicht, den ich nicht deuten kann. »Schon lustig, dass wir uns erst in Nürnberg und dann noch einmal hier begegnet sind.«

»Was hast du in Nürnberg gemacht? Kommst du auch von dort?«

»Nein, ich habe einen Freund besucht, den ich von früher kenne.«

Ich nicke. »Und warum bist du hier im Dorf?«

»Was denkst du denn?«

»Also ich hätte da schon eine Idee, aber sag du.«

»Die Wahrheit ist, ich habe es als gute Gelegenheit gesehen, um …«

»Mädels aufzureißen«, vervollständige ich seine Worte. »Und das tust du ja auch fleißig. Mich eingeschlossen.«

Ein Lächeln huscht über sein Gesicht, ein Lächeln, das seine Augen jedoch nicht erreicht. »Ja, ja, wenn du das sagst, dann ist es wohl so. Du hast mich durchschaut.«

Warum nur habe ich plötzlich das Gefühl, als wollte er etwas verbergen?

»Bist du das erste Mal hier?«, frage ich, um die Situation etwas aufzulockern.

»Nein, als Kind auch schon mal, und es war eine schöne Zeit, an die ich mich gerne zurückerinnere.«

»Du warst also mit deiner Familie hier? Und jetzt alleine?«

»Ja, fast alleine.« Er zwinkert mir zu. »Aber nun haben wir genug von mir geredet. Wie ist es bei dir? Du und deine Familie, steht ihr euch sehr nahe?«

Die Frage trifft mich. Wenn er wüsste …

»Waren sie nicht traurig, dass du einfach deine Sachen gepackt hast und weggefahren bist?«

Ich spiele mit meinen Haaren und suche nach den richtigen Worten. »Ehrlich gesagt nein. Ich bin ein Einzelkind, und meine Eltern leben schon seit ewigen Zeiten getrennt. Wir sehen uns nicht besonders oft.«

»Oh, das tut mir leid.«

»Ist schon okay. So ist das eben bei uns. Meine Eltern haben ihr Leben, und ich habe meines. Soll heißen, meine Mama beschäftigt sich lieber mit einem ihrer Kerle anstatt mit mir. Und mein Papa ist wieder verheiratet und hat seit Jahren eine neue kleine Familie. Irgendwann habe ich das akzeptiert. Seither nehme ich alles selbst in die Hand und bin nicht sonderlich scharf auf Überraschungen. Bisher waren sie nie gut.«

»Verstehe. Das war sicher nicht einfach für dich. Bestimmt hast du dir oft gewünscht, dass es anders wäre, oder?«

Ich winke ab. »Wir alle haben Wünsche. Aber wir wissen ja, wie das mit den Wünschen ist. Wechseln wir lieber das Thema.«

»Also gut.« Er hebt seine Tasse, und ich tue es ihm gleich. »Was hast du dir als Kind denn immer gewünscht?«, fragt er plötzlich.

»Willst du das wirklich wissen?«

»Klar, würde ich sonst fragen? Also raus damit.«

Ich zögere kurz, doch dann antworte ich einfach frei heraus: »Auf einem Rentier zu reiten, lustige Erinnerungen, die nie vergehen. So was eben. Den größten Lebkuchen der Welt abzulecken. Ach, das ist albern.«

»Ah, deswegen also Lebkuchenmann.«

Ich werde rot.

»Weißt du was, Marie? Ich habe eine Idee.«

»Eine Idee?«

»Ja. Bevor wir zwei uns hier langweilen, sollten wir es wagen.«

Die Worte treffen mich wie eine Lawine. Was meint er damit?

»Was sollten wir denn wagen?« Belustigt stupse ich ihn in die Seite und versuche, gelassen zu wirken.

»Wenn wir so tun können, als wären wir auf einem Weihnachtsmarkt, dann können wir uns auch ganz viele andere Dinge ausmalen.«

Ich lächle. »Klingt gut. Aber nur, wenn wir auch deine Wünsche erfüllen.«

Wieder dieser veränderte Blick. »Erst mal widmen wir uns deinen, okay?«

»Na schön. Aber wie soll das funktionieren? Wie sollen wir auf einem Rentier reiten? Und überhaupt, das alles ist doch ...« Ich winke ab.

Doch Niklas zwinkert mir zu. »Lass mich mal machen. Ich habe da schon eine Idee.« Er greift nach meiner Hand. »Bist du bereit? Bereit, dich einfach mal von der Zukunft überraschen zu lassen?«

Bin ich bereit? Gute Frage.

Eigentlich nicht, aber wir sitzen nun mal in einem Kaufhaus fest. Und als er meine Hand berührt, sie ganz weich in seiner liegt, will ich bereit sein.

»So, da wären wir.« Niklas strahlt mich an, und ich weiß nicht, was ich davon halten soll.

»Ist das dein Ernst?«

»Na ja, warum nicht?« Er zeigt auf das große zweistöckige Kinderkarussell, das auf dem Weihnachtsmarkt aufgebaut ist. »Dahinten ist der Schalter, dann kann es losgehen.« Er löst seine Hand aus meiner, drückt auf einen Knopf, und schon dreht sich das Karussell zu Weihnachtsmusik.

Das ist doch der totale Wahnsinn! Entgeistert sehe ich von ihm zu dem Karussell und wieder zurück. »Du willst tatsächlich, dass wir Karussell fahren?«

»Wir werden nicht nur einfach darauf fahren, wir werden diese hübschen Rentiere da vorne reiten.« Er führt mich zu den beiden Rentieren, die vor den Schlitten des Weihnachtsmannes gespannt sind.

»Da mache ich nicht mit.« Ich schüttle den Kopf, doch er sieht mich ernst an.

»Wie? Du hast doch nicht etwa Angst?«

»Nein, aber das ist total peinlich«, flüstere ich.

Er stupst mich an. »Peinlich? Vor wem dem? Ich sehe hier niemanden. Na gut, diese Puppen da drüben, stimmt, die haben gerade gesagt, dass du echt ziemlich peinlich bist.«

Jetzt muss ich doch lachen. Diese Seite habe ich von Niklas überhaupt nicht erwartet.

»Also was sagst du? Und außerdem denke ich, dass wir zwei über das Peinlichsein längst hinaus sind, oder? Ich sage nur Handtuch. Soll ich noch mehr aufzählen?«

Ich hebe die Hand und gebe nach. »Nein, lass mal. Das ist ein Argument.«

»Na dann, bereit für die wilde Fahrt auf Rudolf, dem Rentierchen?«

»Du bist so bescheuert, Niklas, weißt du das?«

Gemeinsam steigen wir auf das Karussell und nehmen jeweils auf einem Rentier Platz.

»Ich kann nicht glauben, was wir da tun«, sage ich, als sich das Karussell in Bewegung setzt.

Zuerst bin ich noch etwas verkrampft, doch je schneller sich alles um uns herum dreht, desto mehr gefällt es mir. »Dass es so viel Spaß macht, hätte ich niemals gedacht«, entfährt es mir, und ich beiße mir sogleich auf die Unterlippe. Doch es stimmt. Schon seit einer Ewigkeit habe ich mich nicht mehr so frei gefühlt. So leicht und ohne Sorgen.

»Geht mir auch so«, sagt er und berührt kurz meine Hand.

Sofort wird mir warm. Ich habe das Gefühl zu fliegen, genieße es, halte mich an der Holzstange fest, lausche der Musik und träume mich fort.

Nachdem das Karussell langsam zum Stehen gekommen ist, steigen wir ab. Meine Beine sind zwar noch ein wenig wackelig, dennoch spüre ich das Strahlen in meinem Gesicht.

»War gar nicht so schlimm, oder?«, fragt Niklas.

»Hm, nein, eigentlich nicht. War schon okay.«

Aber er durchschaut mich. »Nur okay?«

»Na gut, es war wirklich toll.« Mein Herz hüpft in meiner Brust, und ich drehe mich einmal im Kreis.

Oh Gott, wie albern bin ich denn?

»Siehst du, so einfach können wir einen Punkt auf der verlorenen Marie-Wunschliste abhaken«, stellt er fest, und das tun wir dann auch.

Ich denke nicht weiter darüber nach, sondern lasse mich einfach in seine Arme fallen. »Danke«, flüstere ich. »Weißt du was? Die Idee war toll. Ich sollte mich öfter von der Zukunft überraschen lassen.«

Er zieht mich an sich, so fest, dass es in meinem Bauch zu flattern beginnt. »Nichts zu danken.«

»Und was machen wir jetzt?«

Niklas zieht eine Augenbraue nach oben. »Der nächste Punkt ist etwas kniffeliger, aber ich habe da schon eine Lösung. Da drüben, das müsste gehen ...«

Was in den nächsten Stunden passiert, ist so unglaublich, dass ich es kaum beschreiben kann. Wie ein wilder Schneesturm wirbelt alles durcheinander.

Wir vollführen alberne Kunststücke auf der Kunsteisfläche, naschen wie kleine Kinder in der Süßigkeitenabteilung, essen gebrannte Mandeln und betrachten den großen, üppig geschmückten Weihnachtsbaum.

Das alles ist wie ein einziger Traum. Ein Weihnachtstraum, und ich habe Angst, dass ich zu Hause in meinem Bett aufwache, wenn ich nur einen falschen Schritt mache. Die Zeit, in der wir uns nur gestritten haben, scheint vergessen. Denn plötzlich fühlen wir uns einander nah, halten uns sogar an der Hand.

Am Ende unseres Rundgangs bleiben wir vor der kleinen Szenerie stehen, wo ein paar Engelsfiguren im Kunstschnee aufgestellt sind.

»Was jetzt?«, frage ich.

»Jetzt kommen wir zu meinem verrückten Wunsch.«

»Und der wäre?«

»Nun, liegt das nicht auf der Hand?« Niklas deutet auf die Engel.

Ich muss grinsen. »Das sind aber keine echten Engel, du Weiberheld.«

Sein Blick wird nachdenklich. »Glaubst du das wirklich?«

»Was?«

»Dass ich ein so schrecklicher Weiberheld bin.«

Warum schaut er mich nur so an?

»Na ja, ich meine, du siehst gut aus und gestern das Mädchen ...«

»Das hast du alles falsch verstanden. Aber warte, bevor ich den Gedanken vergesse: Du findest mich also doch attraktiv?«

»Nur ein klein wenig«, gebe ich lächelnd zu. Und auf einmal überkommt es mich. »Das hier war echt sehr lieb von dir.«

Das wollte ich doch gar nicht sagen! Schnell halte ich mir den Mund zu.

»Na, so lieb bin ich nun auch wieder nicht.« Er beugt sich hinunter und greift in den Schnee.

»Das wagst du nicht!«, rufe ich, renne schnell hinter einen der Engel und ducke mich. Doch schon steht er hinter mir und lässt den Schnee auf mich hinabrieseln.

»Na warte!« Ich sammle auch einen ganzen Haufen Schnee ein und werfe ihn auf Niklas.

Auf einmal kann ich mich nicht mehr auf den Beinen halten. Ich falle und ziehe Niklas mit mir zu Boden. Ausgelassen tollen wir im Schnee herum, bis Niklas plötzlich auf mir liegt.

»Jetzt seife ich dich ein«, sagt er mit einem Grinsen auf den Lippen, und ich versuche, mich aus seinem Griff zu befreien, aber er ist stärker als ich.

Auf einmal wird er ernst und sieht mir tief in die Augen. Sein Blick lässt mich dahinschmelzen, und in meinem Bauch kribbelt es wie verrückt. Wie nah er mir schon wieder ist. Sein Atem streichelt mein Gesicht, und in mir ist dieses unbändige Verlangen, ihn zu küssen. Ich kann keinen klaren Gedanken mehr fassen, sondern will nur noch seine Lippen auf meinen spüren.

»Was war denn nun dein verrückter Wunsch?«, frage ich atemlos.

»Einen Engel im Schnee küssen«, flüstert er, und mein Herz macht einen Sprung. Seine Nasenspitze berührt meine, stupst sie sanft an.

Doch genau in diesem Moment hören wir ein Räuspern neben uns.

Ein richtiges Date

»Oh mein Gott, ich sehe immer noch vor mir, wie uns der Typ im Kaufhaus angestarrt hat«, sage ich, als wir vor meiner Hütte anhalten. »Danke, Niklas, du hast mir heute wirklich nicht nur einen Wunsch erfüllt.« Gerne würde ich jetzt seine Hand berühren, die auf dem Lenkrad liegt, doch ich traue mich nicht. »Tut mir nur leid wegen dem Geld, das du dem Mann bezahlen musstest. Du bekommst es von mir wieder, ja?«

Niklas schüttelt den Kopf. »Das ist schon okay. Ich würde sagen, hundertsiebzig Euro sind für die Erfüllung von Wünschen doch in Ordnung.«

Plötzlich hören wir Glocken in der Ferne läuten. Mein Blick wandert zur Uhr im Armaturenbett. Es ist gleich Mitternacht, nur noch wenige Sekunden.

»Zehn, neun, acht ...«, beginnt Niklas zu zählen, und ich hebe verwundert die Augenbrauen.

»Was wird das jetzt?«

Doch er lässt sich nicht beirren. »Sieben, sechs, fünf, vier, drei, zwei, eins.«

Er lehnt sich zu mir, und schon im nächsten Moment spüre ich seinen warmen Kuss auf meinen Lippen. Einen langen, zärtlichen und unglaublich prickelnden Kuss, der mein Herz aus dem Takt purzeln lässt.

Als seine Lippen sich von meinen lösen, weiche ich ein klein wenig zurück und sehe ihm in die Augen. »Was war das denn?«, flüstere ich.

»Weißt du noch, als du gesagt hast, du willst dich von der Zukunft überraschen lassen?« Er lächelt. »Und außerdem hast du gemeint, dass du mich heute niemals küssen wirst. Nun, jetzt ist schon morgen.«

Ich schließe kurz die Augen und atme tief aus. »Ja, das ist es tatsächlich. Und wer hätte gedacht, dass wir uns doch noch so gut verstehen.« Kaum habe ich die Worte ausgesprochen, ist da wieder dieses Kribbeln.

Er nickt. »Stimmt. Wenn man bedenkt, wie das mit uns angefangen hat … Ich weiß, wir wollten das nicht tun, aber was hältst du davon, wenn ich dich heute Abend zum Essen einlade? Ich hätte dich gerne bei mir. Es … es würde mir viel bedeuten. Und ich muss dir noch so vieles sagen.« Beim letzten Satz ist seine Stimme ganz leise geworden.

Ein Grinsen macht sich auf meinem Gesicht breit. »Du wirkst ja ganz verlegen, so kenne ich dich gar nicht.«

»Nun, ich stecke wohl auch voller Überraschungen.« Seine Hand berührt zart meine Wange. »Also, dann kommst du zu mir rüber? Sagen wir gegen sieben?«

»Gut, gegen sieben.«

Gerade will ich aus dem Auto aussteigen, als er mich an sich zieht und erneut sanft auf die Lippen küsst. Sein Kuss schmeckt so warm und süß wie Schokolade. Ich würde am liebsten gar nicht mehr aufhören, ihn zu küssen.

Nachdem er sich von mir gelöst hat, lächelt er. »Also dann fahre ich mal weiter.«

»Ja, komm noch gut heim«, flüstere ich.

Als ich in meiner Hütte angekommen bin, blicke ich in den Spiegel und muss feststellen, dass ich wie ein Honigkuchenpferd strahle.

Niklas, der Aufreißer und Weiberheld, hat mich eingeladen, bei ihm zu essen. Das ist dann wohl ein richtiges Date.

Der Wunscherfüller

»Mensch, ist das süß! Ich muss das alles noch mal hören«, kreischt Milly ins Telefon. »Also von vorne: Ihr wart im Kaufhaus eingesperrt, und jetzt habt ihr also ein Date? Wer hätte damit gerechnet, vor allem nachdem du so sauer auf ihn warst.«

Ich nicke. »Eigentlich kann ich es selbst nicht glauben. Aber es ist so.«

»Siehst du, ich hatte recht. Irgendwann bist du glücklich, und Adam ist allein.«

»Allein? Wie meinst du das?«

»Na ja, ich habe gehört, das Christkind hat ihm scheinbar den Laufpass gegeben. Wird wohl nichts mit der Hochzeit. Ist das zu glauben?«

»Wirklich?«, quietsche ich und bin zugegeben etwas schadenfroh.

»Oh ja, sie hat sich wohl mit einem der Weihnachtsmarkthelfer vergnügt. Zum Totlachen!«

Ich kann nicht fassen, was sie mir da gerade erzählt. Doch ganz ehrlich, plötzlich ist mir egal, was mit Adam ist.

»Hast du die helle Bluse dabei?«, schiebt sie sich wieder in meine Gedanken. »Die steht dir so gut, die musst du unbedingt heute Abend anziehen.«

Nun bekomme ich doch ein paar winzige Zweifel. War das im Kaufhaus nicht ziemlich albern? Steigere ich mich da schon wieder in etwas hinein? Ist nicht alles zu schön, um wahr zu sein? Am Ende gibt es vielleicht abermals ein böses Erwachen, so wie es bisher immer war.

Milly muss meine Bedenken erahnen, denn schon höre ich sie sagen: »Hey, ihr hattet eine tolle Zeit im Kaufhaus, das Ganze hat sich einfach so ergeben. Jetzt genieße das Date und hör auf, wieder alles in Gedanken zu zerpflücken.«

»Na schön, ich versuche es. Du kennst mich zu gut, Milly.«

»Ja, ich weiß. Also schlüpf in die Bluse, leg Parfüm auf und genieße den Abend mit ihm, okay?«

Und genau das will ich auch versuchen.

Fertig angezogen und geschminkt stapfe ich mit klopfendem Herzen durch den Schnee. Für einen Moment bleibe ich stehen und betrachte den Himmel. Er sieht schön aus, und die Sterne strahlen so hell, wie man sie in der Stadt niemals sehen kann.

Auch der helle Stern, den der alte Mann neulich abends den Weihnachtsstern genannt hat, ist wieder da, und es scheint beinahe, als würde er direkt über Niklas' Hütte hängen.

Vor Aufregung ist mir ganz warm im Bauch. Nur noch wenige Schritte, dann werde ich Niklas wiedersehen.

Doch gerade als ich mich der Hütte nähere, geht die Tür auf, und ich zucke zusammen. Um nicht entdeckt zu werden, schleiche ich mich hinter eine dicke Tanne.

»Nun, ich bin sehr gespannt, wie sich das alles weiterentwickelt.« Die Frau, mit der Niklas aus der Hütte kommt, lächelt ihm zu. »Du und ein Wunscherfüller. So romantisch kenne ich dich gar nicht. Das ist echt eine neue Seite an dir.«

»Nun, das mache ich nur für besondere Mädchen.«

Sie drückt ihm einen Kuss auf die Stirn. »Na dann, bis morgen.«

Wow, ihre Worte sind wie eine schallende Ohrfeige. Ich bin also nicht die Einzige, die er mit dieser Wunscherfüller-Nummer beeindruckt hat. Mann, ich bin so dämlich! Besondere Mädchen. Wie viele hat er denn davon?

Vor Enttäuschung beginne ich zu zittern. Wie konnte ich nur so blöd sein! Ich hätte es doch wissen müssen, dass die Sache mit ihm zu schön ist, um wahr zu sein.

Ich muss hier weg, und zwar rasch.

Glücklicherweise entfernt die Frau sich nun, und die Tür schließt sich wieder. Schneller, als mich meine Beine tragen können, stolpere ich zurück zu meiner Hütte, während mir die Tränen in die Augen steigen.

»Verdammter Mistkerl«, fluche ich, nachdem ich die Tür hinter mir zugeschlagen habe. »Was bildet der sich eigentlich ein?«

Ich ziehe meinen Mantel aus und schleudere ihn in eine Ecke des Raumes. Da stelle ich fest, dass ich meine Mütze draußen verloren habe. Na klasse.

Dieser Idiot! Ich werde nie wieder mit ihm reden. Nie, nie wieder!

»Du hast nicht mit ihm darüber gesprochen, sondern bist einfach abgehauen?«, fragt Milly erstaunt. Natürlich habe ich sie gleich angerufen, nachdem ich mich ein wenig beruhigt hatte.

»Was hätte das denn gebracht? Ich bin doch nicht blind. Und taub auch nicht.«

Traurig blinzle ich auf die Uhr, es ist bereits acht. Bestimmt wartet er immer noch darauf, dass ich komme. Aber da hat er sich geschnitten, denn ich werde nicht auftauchen. Dabei hatte ich mir den Abend so schön ausgemalt. So romantisch.

Ich blicke aus dem Fenster und sehe ihn genau in dieser Sekunde aus seiner Hütte treten. Er reibt sich die Hände und macht sich auf den Weg in meine Richtung. Oh nein! Schnell ducke ich mich, damit er mich durch das hell erleuchtete Fenster nicht sehen kann.

»Mist, er kommt hierher!«, flüstere ich ins Telefon.

Milly lacht auf. »Hartnäckig ist er schon, das muss man ihm lassen.«

Schon klopft es an die Tür. »Marie? Bist du da?«, ruft er, aber ich bleibe still.

»Jetzt geh schon hinaus«, fordert mich Milly auf. »Du bist echt kindisch.«

»Nein, das werde ich nicht tun. Ich habe keine Lust auf irgendwelche fadenscheinigen Ausreden.«

»Und was, wenn sie gar nicht fadenscheinig sind? Was hat der alte Mann zu dir gesagt? Manchmal muss man sein eigenes kleines

Wunder machen. Wer weiß, vielleicht gibt es ja wirklich eine einfache Erklärung dafür.«

»Ach, und welche soll das bitte sein?«

»Keine Ahnung. Aber wenn du nicht mit ihm redest, wirst du es nicht erfahren.«

Sie nervt. Ja, was im Kaufhaus passiert ist, war wirklich schön. Aber so wie es scheint, war das alles nur ein Trick, um mich rumzukriegen.

»Marie? Bitte mach doch auf!«, ruft er erneut, aber ich werde keinen Mucks von mir geben.

Schließlich gibt er auf, und ich beobachte ihn, wie er mit hängenden Schultern zu seiner Hütte zurückstapft.

Am anderen Ende der Leitung seufzt Milly. »Mensch, bist du verbissen, Süße. Und was jetzt?«

»Nichts jetzt. Heute Nachmittag habe ich Bescheid bekommen, dass ich mich morgen mit diesem Herrn Klaus treffen kann, und wenn ich alle Informationen von ihm habe, reise ich ab. Ich habe vorhin meine Mails gecheckt, mein Badezimmer zu Hause ist wieder wie neu, die Renovierung ging wohl schneller voran als gedacht. Also gibt es keinen Grund, länger als nötig hier zu bleiben.«

»Ich weiß nicht, ich würde wenigstens mal mit ihm sprechen«, versucht sie erneut, mich umzustimmen, aber das wird sie nicht schaffen.

Nach dem, was mit Adam war, habe ich die Schnauze voll.

»Es ist sicherlich besser so«, sage ich mit fester Stimme. »Ich habe einfach keine Lust auf eine weitere Enttäuschung.«

Nachdem wir das Gespräch beendet haben, beschließe ich, noch eine Weile fernzusehen, um die Einsamkeit zu vertreiben. Ich ziehe alle Vorhänge zu, lege mich aufs Sofa und kuschle mich in eine Decke.

Den Wundern eine Chance geben

Nach einer Weile klopft es erneut, und mein Herz purzelt aus dem Takt. Der gibt wohl nicht auf!

Was jetzt? Soll ich doch mit ihm reden?

Als das Klopfen immer heftiger wird, reicht es mir. Ich wickle mich aus der Decke, gehe zur Tür und reiße sie energisch auf.

»Was willst du, Niklas?«, zische ich und erschrecke, denn draußen steht nicht Niklas, sondern der alte Mann mit dem Bart, mit dem ich mich neulich abends unterhalten habe.

Abwehrend hebt er die Hände und lächelt mich an. »Entschuldigung.« Er deutet auf die Mütze in seiner linken Hand. »Ich dachte, die gehört vielleicht Ihnen.«

»Ach herrje! Es tut mir sehr leid, dass ich Sie so angefahren habe. Das wollte ich nicht, wirklich.« Sicher werde ich jetzt ganz rot im Gesicht.

Doch er lacht nur. Ein nettes Lachen, das tief aus dem Herzen kommt. »Ach, machen Sie sich nichts draus. Ihre chaotischen Gefühlsausbrüche sind sehr erfrischend.«

»Sie finden mich also chaotisch?«

Statt einer Antwort grinst er nur und streicht sich durch den Bart. Dann reicht er mir die Mütze. »Sie sehen so traurig aus«, stellt er fest.

»Na ja, es hat sich heute mal wieder gezeigt, dass ich einfach zu leichtgläubig bin.«

»Wollen Sie mit mir darüber reden?«

»Ich weiß nicht. Das ist nett von Ihnen, würde aber vermutlich nichts daran ändern, dass ich ein dämliches Rentier bin.«

»Sagen Sie das nicht so laut. Rentiere sind nämlich alles andere als dämlich.«

Jetzt bin ich es, die grinst.

»Also, warum halten Sie sich für dämlich?«, hakt er nach.

»Nun, ich hatte eine kurze Zeit lang vergessen, dass Wünsche nicht in Erfüllung gehen. Und dass Liebe nur Schein ist.«

»Ich glaube, Sie sehen das etwas zu eng. Da bin ich anderer Meinung.«

Auf einmal kommt mir ein Gedanke, denn ich würde seine Meinung gerne hören. »Lust auf eine Tasse Tee?«

»Gerne«, sagt er, dann tritt er ein.

Wenig später sitzen wir auf dem Sofa und trinken leckeren Himmelszauber-Früchtetee. So steht es zumindest auf der Verpackung.

Der Mann stellt seine Tasse ab, dann sieht er mir fest in die Augen. »Wissen Sie, was mich interessieren würde, Marie?«

»Nein, was denn?«

»Nun, ich sage es geradeheraus: Ich wüsste zu gerne, warum so ein hübsches Mädchen wie Sie glaubt, dass Wünsche nicht in Erfüllung gehen. Und warum Sie so verbittert sind.«

»Na ja, das liegt doch auf der Hand. Die Weihnachtsfeste in unserer Familie waren nie wirklich toll, ich bin einsam, und immer wenn ich mir gewünscht habe, dass sich das ändert, passierte irgendeine Katastrophe.« Ich schlucke ein paarmal und drehe meine Tasse in den Händen. »Zuletzt hat mir das Christkind den Freund gestohlen. Und jetzt, jetzt musste ich erfahren, dass sich der Mann, der sich mit mir treffen wollte, doch wieder als Weiberheld entpuppt hat. Er war hier und wollte sich wohl erklären, aber darauf habe ich keine Lust mehr.«

»Aber Sie haben doch seine Sicht der Dinge noch gar nicht gehört, oder?«

»Nein, das war nicht nötig.«

»Ich denke, das ist immer nötig!«

»Ach was! Der Weihnachtsmann hat mich und meine Wünsche einfach vergessen. Das war schon all die Jahre so.«

Er lächelt. »Das glauben Sie?«

»Oh ja.« Nachdenklich sehe ich ihn an. »Gut, vielleicht übertreibe ich, aber was soll ich machen? Jetzt ist es ohnehin zu spät.«

»Ach was, es ist nie zu spät. Es gibt immer ein Morgen, einen Stern, der uns leuchtet. Und es gibt Wunder.«

»Ja, aber morgen bin ich bereits verplant. Pech für die Wünsche und Wunder.« Ich winke ab. »Wissen Sie, morgen werde ich endlich diesen Herrn Klaus treffen, wegen dem ich überhaupt hier bin. Kennen Sie ihn zufällig? Ich soll seine Biografie schreiben.«

Er nickt. »Ja, ein netter Mann, er ist sehr viel unterwegs. Sie werden ihn sicher mögen. Und bestimmt hat er viel zu erzählen.«

Wir trinken noch eine Tasse Tee, dann steht er auf und reicht mir die Hand. »Danke für den netten Abend, Marie.«

»Mich hat es auch sehr gefreut, Herr ...«

»Santa, die meisten hier nennen mich nur Santa.«

»Na schön. War nett, Santa.«

Er lächelt mir zu. »Und denken Sie daran: Wunder passieren, wenn wir am wenigsten damit rechnen. Also geben Sie den kleinen Wundern eine Chance. Auch wenn Sie es eigentlich nicht wollen.«

Der Mann aus den Bergen

Nachdem ich am Morgen aufgestanden bin, mache ich alles für das Treffen mit Herrn Klaus fertig, denn genau das zählt jetzt, das und nichts anderes. Ich bin froh, dass ich ihn jetzt wenigstens mal kennenlernen kann, denn übermorgen endet mein Aufenthalt hier ja schon.

Meine Tasche ist bereit, als es an der Tür klopft. Das wird sicher der Mann sein, der mich mit dem Skibob zur Berghütte von Herrn Klaus bringen soll. Christine hat gleich in der Früh angerufen und es mir mitgeteilt. Ich wundere mich nur, warum ich mich ausgerechnet in einer Berghütte mit Herrn Klaus treffen soll und nicht hier im Dorf.

»Marie, hey.« Niklas steht draußen und lächelt mir zu.

Sofort zieht sich alles in mir zusammen. »Was machst du hier?«, frage ich und erschrecke selbst, wie eisig meine Stimme klingt.

Mit weit aufgerissenen Augen sieht er mich an. »Was ist denn los? Habe ich dir was getan? Und warum bist du gestern nicht gekommen?«

»Ich bin einfach eingeschlafen. Sorry.«

Er atmet scharf ein. »Ich werde aus dir echt nicht schlau.«

»Ach, das tut mir leid für dich. Also, was willst du? Ich habe keine Zeit, ich werde nämlich gleich abgeholt.«

»Ja, ich weiß, ich soll dich nach oben zur Hütte von Herrn Klaus bringen.«

»Was?«, entfährt es mir. »Warum du? Gibt es keinen anderen, der mich fahren kann?«

Niklas schüttelt den Kopf. »Was hast du denn nur?«

»Das kann dir egal sein. Also, gibt es jemand anderen?«

»Wohl nicht, denn ich bin einer der wenigen im Dorf, der diesen Skibob fahren kann.« Er deutet auf den Schlitten, der vor der Hütte steht. »Und ich habe mich bereit erklärt, hier hin und wieder auszuhelfen.«

»Na gut, wenn es nicht anders geht«, murre ich, und Niklas mustert mich fragend.

»Habe ich etwas getan, das dich verärgert hat?«

»Hm, denk mal scharf nach!« Aber dann beruhige ich mich, denn ich will nicht die biestige

Zicke spielen. »Hör mal, Niklas, ich habe gestern diese Frau bei dir gesehen. Sie ist aus deiner Hütte gekommen, als ich auf dem Weg zu dir war. Und sie hat dich *Wunscherfüller* genannt. Aber bitte erkläre es mir nicht. Können wir stattdessen einfach fahren und es nicht noch peinlicher machen, als es sowieso schon ist? Es ist auch okay, ich bin ja selber schuld. Ich wusste doch, worauf ich mich mit dir einlasse.«

Er seufzt. »Aber es ist nicht so, wie es aussah ...«

Ich hebe die Hand. »Bitte lass es sein.«

»Na schön. Bist du auch gut eingepackt?«

»Ja klar, ich trage sogar lange Unterhosen.«

Niklas zieht eine Augenbraue nach oben und grinst. »Gut zu wissen.«

Das wollte ich doch eigentlich gar nicht sagen. »Ach, egal.« Ich versuche, die Fassung zurückzugewinnen, und zeige auf meine Tasche. »Wohin damit?«

Niklas greift danach, trägt sie zum Schlitten und verstaut sie in der Sitzklappe. »Passt perfekt rein. Also dann steig mal auf und halte dich an mir fest.«

»Wenn es denn sein muss«, murmle ich, setze mich mit klopfendem Herzen hinter ihn auf den Schlitten und schlinge die Hände um seine

Taille. Niklas steckt den Schlüssel ins Zündschloss. Es brummt, und schon geht es los.

Geschickt lenkt uns Niklas durch den Wald, immer weiter nach oben. Eine halbe Stunde sind wir sicherlich schon unterwegs, als er vor einer Hütte anhält, die fast alleine dort steht. Nur in der Ferne leuchtet noch ein kleines Licht.

»So, da wären wir«, sagt er, und ich steige ab.

»Sieht nicht so aus, als ob schon jemand hier ist«, stelle ich fest.

Niklas zieht einen Schlüssel aus seiner Jackentasche. »Den habe ich bekommen, damit du schon mal reinkannst. Ich hole noch kurz deine Tasche, dann fahre ich zurück.«

Er reicht mir den Schlüssel und geht dann zurück zum Schlitten, während ich die Hütte aufsperre. Drinnen ist es klein, aber fein, doch leider auch ganz schön kalt. Hoffentlich kommt Herr Klaus auch bald.

»Soll ich dir noch den Kamin anzünden, bevor ich fahre?«, fragt Niklas, als er die Hütte betritt.

Das ist nett von ihm. Wirklich.

»Na ja, also wenn du das kannst, wäre das echt prima.«

Er nickt. »Sicher kann ich das, kein Problem.«

Pfff. Klar kann er das, und bestimmt schindet er damit bei den Frauen immer mächtig Eindruck. Der Mann aus den Bergen, der das Feuer entzünden kann und danach das Wild erlegt.

Ich beobachte ihn, wie er den Schieber öffnet, Holz hineinschichtet und zu den Streichhölzern greift. Nun dauert es nur noch wenige Sekunden, bis sich Schwefelgeruch in der Hütte breitmacht. Glücklicherweise brennt das Feuer sofort, und die Flammen züngeln das Holz entlang.

»Gleich wird es warm«, sagt er, als es zu knistern beginnt.

»Gut, dann kannst du jetzt ja fahren. Ich komme schon zurecht.«

Plötzlich tritt er ganz nahe an mich heran. »Marie …«

Weiter kommt er nicht, denn es klopft energisch an die Tür.

»Oh, das wird Herr Klaus sein«, sage ich und bin erleichtert, mich aus Niklas' Blick befreien zu können.

Als ich die Tür öffne, steht da ein Mann, der alles andere als alt aussieht. Gut, es war ja aber auch nie wirklich die Rede davon, dass Herr Klaus alt ist. Ich hatte ihn mir einfach nur so vorgestellt.

»Herr Klaus?«, frage ich, doch der Mann schüttelt den Kopf.

»Nein, ich heiße Martens und wohne da drüben.« Er deutet nach links, wo ich vorhin das kleine Licht gesehen habe. »Ich habe eine Funkverbindung in meiner Hütte und soll Ihnen etwas von Herrn Klaus ausrichten. Es tut ihm wirklich sehr leid, dass er so viel Chaos anrichtet. Aber Sie sehen ja selbst, das Wetter spielt verrückt.«

Tatsächlich, wie kann das sein? Gerade eben, als wir die Hütte betreten haben, hat es noch gar nicht geschneit, doch jetzt wirbeln die Flocken so wild durch die Luft, dass man kaum mehr die Hand vor den Augen sehen kann.

»Kann das denn so schnell gehen?«, murmle ich und schüttle den Kopf.

»Oh ja, in den Bergen ist das Wetter unberechenbar.« Er reicht mir einen Korb, aus dem zwei Flaschenköpfe herauslugen. »Ich habe etwas Brot und Wurst und etwas zu trinken für Sie zusammengepackt, denn Sie werden die Hütte heute nicht mehr verlassen können. Es soll auch ein wirklich starker Sturm aufziehen.«

Entgeistert starre ich ihn an. »Was? Das ist ein Scherz, oder?«

Das heißt also, ich werde mit Niklas über Nacht in dieser Berghütte festsitzen. Das hat mir gerade noch gefehlt!

Niklas taucht neben mir an der Tür auf. »Das heißt also, ich komme hier auch nicht mehr weg?«

»Ja, aber da bist du nicht der Einzige«, sage ich und werfe ihm einen scharfen Blick zu.

Er winkt ab, dann wendet er sich wieder an Herrn Martens. »Könnten Sie dann bitte auch im Dorf Bescheid geben? Meine Schwester passt auf meinen kleinen Sohn auf. Nur damit sie sich keine Sorgen machen und womöglich denken, ich bin verschüttet.«

Was hat er da gerade gesagt? Seine Schwester? Sein Sohn? Ich muss mich wohl verhört haben.

Langsam drehe ich mein Gesicht zu ihm. »Du hast was? Einen Sohn?«

»Sie beide haben wohl einiges zu bereden.« Herr Martens drückt mir den Korb in die Hand. »Und entschuldigen Sie bitte die Unannehmlichkeiten. Herrn Klaus tut es sehr leid, das soll ich Ihnen ausdrücklich sagen.«

Als er sich verabschiedet hat, werfe ich hinter ihm die Tür zu, die mit einem lauten Knall ins Schloss fällt.

Ein Schneesturm und seine Folgen

»Was? Du hast einen Sohn?«, frage ich noch einmal.

Das ist ja wirklich heftig. Damit hatte ich nicht gerechnet.

Niklas atmet tief durch. »Ja, ich habe einen Sohn. Jetzt ist es endlich raus. Ich wollte dir das gestern schon alles erklären, aber du warst ja nicht da. Nina, die du bei mir gesehen hast, ist nicht irgendein Mädchen, sondern meine Schwester. Sie hat extra auf meinen Sohn aufgepasst, damit wir beide Zeit zusammen haben.«

»Das ist ja nicht zu glauben«, flüstere ich noch immer ganz benommen. »Dann bist du auch noch verheiratet? Oh mein Gott.« Ich schlage die Hände vors Gesicht, dann reiße ich die Tür auf.

»Bist du wahnsinnig? Schau mal, wie sehr es schneit. Mach die Tür wieder zu!«

»Nein, ich will fahren, jetzt!«

Er hält mich am Arm zurück. »Das geht nicht. Der Sturm wird immer heftiger, siehst du das denn nicht?«

»Mir egal, dann gehe ich eben zu Fuß! Du glaubst doch nicht wirklich, dass ich die Nacht hier mit dir verbringe?«

»Also …«

Ich hebe die Hand und würge ihn ab. »Glaub mir, nicht in deinen wildesten Träumen!« Mit diesen Worten reiße ich mich von ihm los und schiebe mich an ihm vorbei nach draußen.

Eisiger Wind bläst mir um die Nase, wild umherfliegende Schneeflocken landen in meinem Gesicht, und es ist echt unheimlich kalt. Aber trotzdem, ich will hier weg.

Okay, was ich da tue, ist vielleicht auch ein wenig kindisch, aber mir ist das alles zu viel. Gerade jetzt möchte ich nicht eine Nacht im gleichen Raum mit ihm verbringen.

Doch ehe ich mich versehe, packt er mich und wirft mich über seine Schultern.

»Spinnst du? Lass mich runter!«

»Du gehst nirgendwohin. Meinetwegen sperrst du dich den ganzen Abend im Badezimmer ein. Aber vielleicht denkst du auch mal darüber nach, wie bescheuert diese Aktion hier von dir ist!«

Ein paar Schritte später sind wir zurück in der Hütte, und Niklas knallt die Tür hinter uns zu.

»Das war gemein von dir!«, rufe ich aufgebracht, während er sich den Schnee vom Körper abschüttelt.

»Schön, dann geh doch raus und lass dich einschneien. Himmel, mein Sohn benimmt sich mit seinen sieben Jahren erwachsener als du!«

»Blödmann!« Wütend funkele ich ihn an, dann renne ich suchend davon und bin froh, dass ich das Badezimmer auf Anhieb finde.

Ich schließe die Tür hinter mir ab und starre in den Spiegel. Beruhige dich, Marie. Du hast jetzt keine andere Möglichkeit, als hier zu bleiben – mit ihm. Denn schon die paar Minuten draußen haben meine Kleider völlig durchnässt. Wo bin ich da nur reingeraten? Am liebsten würde ich mich die ganze Nacht hier im Bad verstecken, aber ich muss zugeben, dass Niklas recht hat. Mein Verhalten ist mehr als kindisch, und es wird Zeit, dass ich mich ihm stelle. Also verlasse ich das Bad wieder. Draußen rauscht der Wind ums Haus, und die Fenster sind schneebedeckt.

»Ich habe es uns ein wenig gemütlich gemacht«, sagt Niklas ganz ruhig, als ich in die Stube zurückkomme. Er hat in der Zwischenzeit ein Picknick auf dem Boden aufgebaut. Eine Decke, auf der Brot, Wurst, eine Flasche Wasser und Wein stehen und ein paar Teelichter funkeln. »Ich dachte, wenn wir schon festhängen, können wir es uns auch etwas nett machen. Es liegt an dir. Ein paar Decken habe ich auch noch gefunden.« Er deutet auf zwei flauschige Wolldecken. »Du solltest außerdem schnellstens aus den nassen Sachen raus, nicht dass du noch krank wirst.«

Er hat recht, mir ist wirklich kalt.

»Falls es dich stört, sehe ich weg. Auch wenn ich dich schon nackt gesehen habe.« Er grinst, dann kehrt er mir den Rücken zu.

»Sehr witzig«, brumme ich. Dann schlüpfe ich aus den nassen Klamotten, hänge sie über den Stuhl und kuschle mich flink in eine der beiden Decken ein. »So, fertig.«

Er wirft mir einen Blick über die Schulter zu. »Jetzt bist du dran mit umdrehen. Denn dank dir bin ich ja auch nass geworden.«

Blödmann, denke ich mir, tue es aber um des Friedens willen. »Wenn es denn sein muss …«

Er lacht auf. »Gleiches Recht für alle.«

»Du darfst wieder hersehen«, höre ich ihn kurze Zeit später sagen. Als ich mich umdrehe, hockt er nur in Boxershorts vor dem Kamin und legt noch ein paar Holzscheite hinein.

Eine Weile sitzen wir stumm da, und ich betrachte Niklas, dessen Gesicht vom Feuer erleuchtet wird.

Schließlich unterbricht er die Stille. »Willst du was trinken? Ein Glas Wein?«

»Ja, bitte.«

Niklas schenkt uns beiden ein, und ich nehme nervös einen Schluck.

Die züngelnden Flammen lassen unsere Schatten tanzen, und vom Kaminfeuer wird mir nun immer wärmer.

»Dann bist du also verheiratet«, mutmaße ich erneut, aber zu meiner Verwunderung schüttelt er den Kopf.

»Nein, das bin ich nicht.«

»Aber ...«

»Hättest du mich vorhin mal ausreden lassen, dann hätte ich dir alles erklären können.«

»Tut mir leid«, flüstere ich, weil ich einsehe, dass er recht hat.

»Wie ist es dann?«

»Wie soll ich anfangen? Das Ganze ist kompliziert. Dana und ich, wir hatten eine kurze Affäre, nichts von Bedeutung, und wir waren schon getrennt, als Jakob geboren wurde. Als sie plötzlich mit der Neuigkeit, dass sie schwanger sei, vor meiner Tür stand, habe ich ihr versprochen, zu dem Kind zu stehen. Und das habe ich dann auch getan. Natürlich hing die Verantwortung zum größten Teil an ihr, und ich konnte mein Singleleben wie immer genießen. So war ich eben. Aber dann ...« Er stockt, und ich fühle, dass es ihm schwerfällt, weiterzusprechen. »Es war ein Unfall, vor einem Dreivierteljahr. Sie war auf dem Weg nach Hause, ist von der Fahrbahn abgekommen und gestorben. Plötzlich war ich Jakob mehr verpflichtet als jemals zuvor.«

Das erklärt also diesen Ausdruck in seinen Augen.

»Dieser Augenblick hat alles verändert. Ich war nie der Typ Mann, der sich auf Beziehungen einließ. Aber auf einmal wurde mir bewusst, dass da jetzt eine Beziehung fürs Leben war. Jakob und mich würde von nun an nichts mehr trennen können. Dieser Urlaub hier sollte eine Ablenkung für ihn sein – und auch für mich.« Er sieht mir zärtlich in die Augen. »Doch dann kamst du, mit all deinem Chaos ...«

»Ich weiß nicht, was ich sagen soll. Es tut mir so leid«, flüstere ich.

»Ach was. Mir tut es leid, dass ich es dir nicht schon früher gesagt habe. Aber ich wusste einfach nicht, wie du reagierst. Bisher habe ich nie einer Frau davon erzählt. Weil ich noch nie eine Frau so nah an mich herangelassen habe.«

»Ich verstehe das. Das hier mit uns, das war ja gar auch nicht geplant, oder? Wir wollten uns doch eigentlich nicht mehr wiedersehen.«

Er nickt, dann sitzen wir ein paar Minuten da, ohne ein Wort zu sagen.

Auf einmal überkommt es mich. »Du bist eigentlich gar nicht so schlimm, wie ich dachte.«

»Danke. Du bist auch ganz okay. Es ist wirklich schön, mit dir hier zu sein.« Mit einem Lächeln reicht er mir seine Hand, und ich greife danach.

»Geht mir nicht anders.«

In diesem Moment gibt es einen lauten Knall, und ich rücke vor Schreck näher an ihn heran.

»Das war nur der Sturm«, versucht er mich zu beruhigen und nimmt mich in den Arm. Wir sehen uns an, und plötzlich ist da wieder diese Sehnsucht, von ihm geküsst, von ihm berührt zu werden.

Unsere Blicke haften aufeinander. Nichts ist mehr zwischen uns. Nur noch Haut an Haut.

»Du hast mich schon in Nürnberg fasziniert«, haucht er. »Was meinst du, Marie? Eine Nacht, die nur uns gehört?«

Mein Herz schlägt wild in meiner Brust, hämmert fest gegen meine Rippen. Wir sind uns so nah, dass sich unsere Nasenspitzen berühren. Meine Lippen prickeln und suchen seine. Ganz langsam schließe ich die Augen, will in diesem zärtlichen Moment verweilen. Meine Finger wandern über seine starken Arme, streicheln ganz leicht seine Haut.

Und dann finden sich endlich unsere Lippen, erst zaghaft und vorsichtig, als wollte er fragen, ob er mich überhaupt küssen darf, dann immer fordernder. Als ich seine Zunge spüre, explodiert mein Herz und zerspringt in winzige Stücke. Ich schlinge die Arme um seinen Nacken und die Beine um seine Hüften. Wir küssen uns weiter voller Leidenschaft, die so heiß lodert wie das Feuer im Kamin.

Eine ganze Weile verharren wir in dieser Zärtlichkeit, bis er die Decke von mir nimmt und mich auf den Rücken legt. Er schiebt sich auf mich und schickt brennende Küsse meinen Hals entlang. Seine Hände malen zarte Berührungen auf meine Haut, Schneeflocken tanzen in meinem Bauch, und ich seufze tief, als seine Lippen weiter zu meinen Brüsten wandern. Zärtlich umkreist seine Zunge meine Brustwarzen, und ein heftiges Ziehen macht sich in meinem ganzen Körper breit.

Seine Hände sind jetzt überall, streicheln sanft über meine Haut. Alles in mir sehnt sich nach ihm. In meinem Unterbauch zuckt bereits ein kleines Feuerwerk, und ich kann es nicht mehr erwarten. Ich will ihn, ich will ihn ganz, also schiebe ich seine Boxershorts von ihm herunter, damit unsere nackten Körper endlich zusammenfinden.

Ganz leicht hebe ich die Hüften an, und seine Zunge gleitet über meinen Hals, während er sich zwischen meine Beine schiebt. Die Hitze macht die Luft brennend heiß.

Ich drücke ihm mein Becken entgegen, schmecke seinen Kuss, und dann spüre ich ihn endlich in mir. Erst ganz vorsichtig, dann immer stärker, bis wir komplett miteinander verschmolzen sind.

Seine Finger verhaken sich mit meinen, wir bewegen uns in einem gemeinsamen Rhythmus, und ich fühle seine ganze Kraft und Liebe. Körper, die eins sind.

Ich schmiege mein Gesicht an seines, ziehe ihn noch näher zu mir heran und verliere mich.

Wünsche fliegen lassen

Sanftes Licht dringt durch das Fenster und kitzelt meine Nasenspitze. Ganz langsam öffne ich die Augen, doch das ist gar nicht so leicht, denn je mehr ich zu mir komme, desto schwerer sind meine Lider. Und doch fühle ich mich so unglaublich wohl, denn ich liege in Niklas' Armen.

»Hey, guten Morgen.« Er streicht mir durchs Haar und lächelt mich an.

»Morgen«, flüstere ich. Hoffentlich habe ich keinen fiesen Mundgeruch.

»Na, wie geht es dir?«, fragt er und richtet sich langsam auf. Ich ertappe mich dabei, wie ich seinen muskulösen Oberkörper anstarre. Wie unglaublich sexy er aussieht. So sexy, wie die ganze Nacht mit ihm war.

Verlegen sehe ich mich im Raum um, da klopft es an die Tür. »Wer kann das sein?«

»Ich werde mal nachschauen.« Er wickelt sich die Decke um den Körper und geht hinaus.

Als er zurückkommt, setzt er sich neben mich. »Das war der Nachbar. Er soll uns ausrichten, dass Herr Klaus leider nicht kommen wird. Er ist schon wieder kurzfristig verhindert.«

Ich seufze. »Das ist merkwürdig. Ich werde nicht schlau aus dem Kerl.«

»Nun, das heißt, du hast heute Zeit.« Er lächelt. »Was meinst du, darf ich dir Jakob vorstellen?«

»Ehrlich?«

»Ja, sehr gerne. Ich würde mich freuen, wenn du ihn kennenlernst.«

Seine Worte bringen so viel Wärme in meinen Magen, und sofort wird ein Funke darin entzündet.

»Okay, also schön. Warum nicht?«

»So, hereinspaziert.« Niklas hält mir die Tür auf, und ich bin so unglaublich nervös. Mit klopfendem Herzen betrete ich seine Hütte.

»Papa, da bist du ja wieder!« Ein kleiner Junge mit wuscheligen braunen Haaren und großen, kullrigen Karamellaugen springt ihm in die Arme.

»Das ist ja eine stürmische Begrüßung«, ruft Niklas freudig und wirbelt den Jungen einmal im Kreis herum. Nachdem er ihn wieder auf dem Boden abgesetzt hat, deutet er auf mich. »Jakob, ich habe jemanden mitgebracht. Das ist Marie.«

Der Junge mustert mich, und kurz habe ich Angst, wie er auf mich reagieren wird. Schließlich bin ich eine fremde Frau, nicht seine Mutter. Doch dann breitet sich ein Grinsen auf seinem Gesicht aus. »Hallo Marie, ich bin Jakob.« Er strahlt mich an und flüstert Niklas etwas ins Ohr.

Dieser sieht mich ganz verdutzt an. »Aha, und das soll ich dir glauben?«

Jakob kichert und wispert Niklas erneut etwas zu.

»Nun, das werden wir später testen.« Dann wendet sich Niklas wieder mir zu. »Tut mir leid, Marie, eigentlich ist es unhöflich zu flüstern. Aber das war ein Geheimnis, nicht böse sein.«

Ich winke ab. »Schon okay.«

Noch einmal betrachten mich Jakobs Teddybäraugen ganz genau, dann lacht er zufrieden. »Möchtest du mit in die Küche kommen, Marie? Nina und ich basteln gerade. Ihr müsst unbedingt mitmachen. Papa muss nämlich noch seinen Wunschzettel schreiben.«

Niklas verdreht die Augen. »Willst du das wirklich jetzt machen, Großer?«

»Ja, du hast es mir versprochen.« Jakob nimmt meine Hand. »Du kannst auch einen Wunschzettel schreiben, wenn du magst. Es ist noch nicht zu spät, dem Weihnachtsmann seine Wünsche zu schicken.«

Wie niedlich er ist.

Ich schenke ihm ein Lächeln. »Also schön, warum nicht? Ich habe wirklich lange keinen Wunschzettel mehr geschrieben.«

»Juhu!«, ruft Jakob und zieht mich in die Küche. Sie ist klein, gemütlich, und auf dem Esstisch stehen schon viele Bastelutensilien bereit.

Nina erkenne ich. Sie ist die Frau, die Niklas *Wunscherfüller* genannt hat.

Sie lächelt mir zu und reicht mir die Hand. »Hallo Marie, freut mich sehr, dich kennenzulernen.«

»Ich freue mich auch.«

Jakob zeigt auf einen freien Stuhl. »Du kannst dich da hinsetzen und dir eines von den hübschen Wunschpapieren nehmen. Da kannst du dann deine Wünsche draufschreiben, und wenn du und Papa fertig seid, schicken wir eure Wunschzettel in den Himmel zum Weihnachtsmann.« Jakobs Augen leuchten, und seine Wangen sind ganz rosig, als er mir ein Stück Papier reicht.

»Danke, das ist nett. Ich werde versuchen, mir was einfallen zu lassen. Und was ist mit dir?«

»Ich habe meinen Wunschzettel schon abgeschickt.« Er reicht Niklas ebenfalls einen Bogen Papier. »Hier, Papa, du musst dir auch was wünschen.«

Ich weiß, ich wollte mir nichts mehr wünschen, aber mit einem Mal glaube ich, dass ich es wirklich probieren sollte. Also nehme ich den Stift in die Hand und schreibe los.

»Was wünscht du dir denn?«, will Jakob wissen, aber ich schüttle den Kopf.

»Das darf man doch nicht verraten.«

»Stimmt, da hast du recht.« Heimlich lugt er zu Niklas hinüber, der schnell seinen Zettel mit der Hand bedeckt.

Nina blickt in die Runde. »Was haltet ihr davon, wenn wir noch eine Tasse heiße Schokolade trinken, bevor wir die Wünsche in den Himmel schicken?«

»Oh ja, heiße Schokolade!«, ruft Jakob begeistert, und wenig später stehen Becher mit dampfender Schokolade und ein Teller mit Keksen vor uns.

»Die schmecken aber lecker«, stelle ich fest und tunke einen Keks in meine Schokoladenmilch, worauf Jakob zu kichern beginnt.

»Was ist denn daran so lustig?«, frage ich, und er lacht noch lauter.

»Das verrate ich nicht!«

Gespielt drohend hebe ich den Zeigefinger. »Na, du bist mir ja ein Frechdachs.«

Hier mit den dreien zu sitzen, fühlt sich so unglaublich gut an, und mir wird ganz warm im Bauch.

»Jetzt schicken wir die Wünsche weg, ja?«, ruft Jakob nach einer Weile.

»Wünsche wegschicken? Wie meinst du das?«, will ich wissen.

Niklas lächelt mir sanft zu. »Lass dich überraschen. Also dann, zieht alle eure Jacken an, wir gehen nach draußen.«

»Auf mich müsst ihr leider verzichten«, sagt Nina. »Ich werde inzwischen schon mal Jakobs Bett fertig machen. Es wird dann langsam Zeit.«

Als wir wenig später vor der Tür stehen und in den Sternenhimmel blicken, deutet Jakob ganz aufgeregt nach oben. »Seht mal, der helle Stern da, das ist der Wunschstern. Er macht die Wünsche wahr, weil er sie dem Weihnachtsmann weitergibt.«

Niklas streicht mir über den Arm. »Du musst deinen Zettel falten, dann anzünden und ihn fliegen lassen.«

»Macht doch gleichzeitig«, fordert Jakob uns auf.

»Warum nicht? Also Marie, bei drei?«

Ich nicke, und wir zählen: »Eins, zwei, drei«, dann zünden Niklas und ich unsere Wunschzettel an und lassen sie mit dem Wind davontreiben. Wie zwei Sternschnuppen gleiten sie zu Boden und verglühen schließlich im Schnee.

»Das ist unglaublich schön.« Ich seufze, und eine kleine Träne der Rührung schleicht sich aus meinem Auge.

Als wir wieder in der Hütte angekommen sind, beginnt Jakob zu gähnen. »Mann, bin ich müde.«

Niklas blickt auf die Uhr. »Ja, dein Bett wartet schon, Großer.«

»Schlaf gut«, sage ich und winke Jakob zu.

Doch er kommt zu mir her und nimmt mich fest in den Arm, was mein Herz sofort zum Schmelzen bringt. »Du bist ganz lieb, Marie. Bitte komm wieder«, flüstert er, und die Wärme, die sich in mir ausbreitet, ist unglaublich. Dann lässt er sich von Niklas ins Schlafzimmer tragen.

»Magst du vielleicht noch einen Tee?«, fragt Nina, als die beiden verschwunden sind. »Dann dauert das Warten nicht so lange.«

»Gerne.« Ich folge ihr in die Küche und helfe ihr, das Chaos zu beseitigen, das wir beim Basteln hinterlassen haben.

»Der Kleine hat dich gleich ins Herz geschlossen«, stellt sie fest.

Ich nicke und versuche, den Kloß in meinem Hals hinunterzuschlucken. »Ja, ich ihn auch. Er ist wunderbar.«

Sie stellt eine Tasse vor mir auf den Tisch. »Und Niklas habe ich noch nie so erlebt. Glaub mir, ich kenne meinen Bruder zu gut. Bisher hat er sich nie mehr als zweimal mit einer Frau getroffen.«

In meinem Herzen wird es noch wärmer.

Wir sitzen da und plaudern, bis Niklas wieder zu uns kommt. »Jakob war so erschöpft, dass er noch während der Gutenachtgeschichte eingeschlafen ist«, erzählt er.

Nina steht auf. »Dann werde ich mich auch mal auf den Weg machen. Ich wohne eine Hütte weiter in Richtung Dorf.« Sie lächelt mir zu. »Schön, dass wir uns kennengelernt haben.«

Schließlich sind Niklas und ich alleine. Wir reden noch eine ganze Weile über alles Mögliche, und irgendwann erschrecke ich, weil die Zeit so schnell vergangen ist.

»Also, ich werde dann mal gehen, ich muss noch packen. Morgen ist Heiligabend, da endet mein Aufenthalt hier, und es geht wieder nach Hause.«

Niklas atmet schwer. »Ja, ich weiß.«

An der Tür angekommen blicke ich Niklas tief in die Augen. »Das war ein schöner Tag. Eine schöne Zeit.«

Er nickt.

»Und Jakob ist unglaublich.«

»Ja, du hast mächtig Eindruck bei ihm hinterlassen.«

»Ehrlich?«

»Ja, er meinte, du siehst genauso aus wie die Frau, die er sich für mich gewünscht hat.«

Jetzt muss ich grinsen. »Er hat sich eine Frau gewünscht? Für dich?«

»Verstehe einer die Kinder.« Er umschließt mein Gesicht mit den Händen. »Soll ich dir was sagen, Marie? Ich habe nie daran geglaubt, dass Wünsche wahr werden können, aber als wir die Wunschzettel geschrieben haben, da habe ich mir doch etwas gewünscht.«

»Und was?«

»Ich dachte, das darf man nicht verraten?«

»Ja, ich weiß.«

Zärtlich ruht sein Blick auf mir. »Marie, du musst nicht fahren. Das weißt du doch, oder? Was hältst du davon, wenn du einfach bleibst und wir zusammen Weihnachten verbringen?«

Mein Herz zieht sich zusammen. Ja, ich habe auch schon daran gedacht, aber dann waren da auch wieder diese Zweifel.

Ich hebe die Schultern. »Ich weiß nicht. Selbst wenn ich jetzt bleibe, dann muss ich doch irgendwann zurück. Mal ehrlich, wie soll das funktionieren? Ich lebe in Nürnberg, du Hunderte von Kilometern entfernt. Eine Fernbeziehung klappt doch nie. Irgendwie ist da am Ende so vieles, was uns trennt. Dann ist es wohl besser, erst gar nicht richtig damit anzufangen.«

»Ich weiß. Alles, was du sagst, ist richtig.« Er seufzt. »Es ist wirklich schwierig, aber ich wünschte trotzdem …«

Ich lege den Zeigefinger auf seine Lippen. »Du weißt doch, wie das mit den Wünschen ist.«

Dabei wünschte ich mir gerade in dieser Situation, dass es anders wäre. Dass es einfacher wäre und meine Wünsche in Erfüllung gingen. Aber wie soll das funktionieren?

Da ist zwar so viel Gefühl, und doch sind da auch so viele tausend Gründe, die dagegensprechen. Zu gerne würde ich auf mein Herz hören und sagen, ich bleibe, aber dann …

»Du sollst wissen, dass ich froh bin, dich getroffen zu haben. Ich werde mich immer daran erinnern«, flüstert Niklas, als wir uns schließlich voneinander verabschieden.

»Mach's gut«, sage ich, dann trete ich schweren Herzens aus der Tür.

Entscheide ich mich wirklich richtig?

Als ich in den Himmel blicke, sehe ich den Wunschstern über der Hütte funkeln, und ich muss plötzlich an den alten Mann denken. An Santa. Was hat er noch mal gesagt? *Manchmal muss man sein eigenes kleines Wunder machen.*

Ja, aber ist das wirklich immer so einfach?

Worauf wartest du noch?

»Es tut uns sehr leid, dass die Sache mit Herrn Klaus so schiefgelaufen ist. Das ist eigentlich nicht seine Art.« Mit einem Lächeln nimmt Christine meinen Schlüssel in Empfang. »Wir hoffen, Sie hatten trotzdem einen schönen Aufenthalt hier bei uns. Herr Klaus wünscht Ihnen jedenfalls eine gute Heimreise. Und frohe Weihnachten.«

»Ja, vielen Dank, das wünsche ich Ihnen auch.« Ich greife nach meinem Gepäck und wuchte es zur Straße.

Kaum zu glauben, dass mein Aufenthalt hier schon zu Ende ist. Ich setze mich auf die Bank, wo mich das Taxi gleich abholen wird, und starre vor mich hin. Die ganze Nacht habe ich gegrübelt, bin aber zu keiner Lösung gekommen.

Und auch jetzt machen sich meine Gedanken wieder selbständig, wirbeln umher wie winzige Schneeflocken. Ich denke an Adam und das

Christkind, die Reparatur in meinem Badezimmer, das Chaos, das mich hierhergeführt hat. An die unerwarteten Dinge, die mir hier passiert sind. Vor allem aber denke ich an meinen Wunsch, den ich auf den Zettel geschrieben und in den Himmel geschickt habe.

Irgendwie fühlt sich die Zeit hier im Dorf wie ein langersehnter Wunsch an, der nun in Erfüllung gegangen ist. Denn ich habe mich schon unglaublich lange nicht mehr so lebendig gefühlt, so geborgen.

Reiß dich zusammen, ermahne ich mich, doch wenn ich an Niklas denke, an den kleinen Jakob, der mir in dieser kurzen Zeit wirklich ans Herz gewachsen ist, nimmt die Wehmut in mir wieder überhand.

Um mich abzulenken, fange ich an, die Schneeflocken zu zählen, die vereinzelt vom Himmel rieseln. Als ich bei knapp hundert angekommen bin, klingelt mein Handy. Es ist Milly.

»Frohe Weihnachten, meine Süße.«

»Dir auch«, murmle ich.

»Alles klar?«

Ich schüttle den Kopf, obwohl ich weiß, dass sie es durchs Telefon nicht sehen kann. »Ich warte gerade auf das Taxi, dann geht es ab nach Hause.«

»Ich verstehe dich wirklich nicht. Warum bleibst du nicht einfach noch und feierst mit ihm?«

»Ja, aber selbst wenn, was würde es an der Situation ändern? Niklas und ich wohnen zu weit auseinander, und am Ende geht es wieder schief. Irgendwas ist doch immer. So wie es jetzt ist, ist es perfekt. Die Zeit hier war schön, und so will ich sie in Erinnerung behalten. Warum sollte ich es jetzt doch wagen?«

»Weil man nur gewinnen kann, wenn man etwas wagt!«, ruft sie energisch. »Ich denke, eure kleine Geschichte hat wirklich eine Chance verdient. Wünschst du dir das denn nicht?«

»Das mit den Wünschen, du weißt, was ich davon halte.«

»Nun, es ist deine Entscheidung. Aber wenn du jetzt immer Angst hast, dass etwas Gutes wieder kaputtgeht, dann wird dir das nicht weiterhelfen.« Milly seufzt. »Also komm gut nach Hause.«

Dann legen wir auf. Es fängt heftiger an zu schneien, und ich sitze weiter da und warte.

Sie hat recht, ich habe Angst. Aber ist das nach allem, was war, nicht berechtigt?

Ich will nicht mehr darüber nachdenken. Stattdessen murmle ich: »Wo bleibt denn dieses verflixte Taxi?«

Plötzlich höre ich ein Räuspern neben mir. »Reisen Sie ab?«

Ich blicke in Santas sanftmütige Augen. »Oh hallo. Ja, es geht wieder heim.«

»Konnten Sie alles klären? Haben Sie Herrn Klaus getroffen?«

»Nein, er hat mich versetzt. Doch jetzt freue ich mich auf zu Hause.«

»Sie sehen aber nicht sehr glücklich aus. Was hält Sie ab, hier zu bleiben?«

»Ach, so vieles. Ich habe Niklas und seinen Sohn wirklich ganz, ganz lieb, doch am Ende wird es nicht funktionieren. Es ist zu schön, um wahr zu sein, deswegen muss ich mich schützen. Weil Wünsche am Ende nun mal nicht wahr werden.«

»Sind Sie sich da so sicher, meine Liebe?« Er greift in seine Tasche und zieht ein Blatt Papier daraus hervor. »Diesen Wunschzettel habe ich vor ein paar Tagen erhalten, ein Junge namens Jakob hat ihn mir geschickt.«

Er reicht mir den Zettel, und ich lese:

Lieber Weihnachtsmann,
ich wünsche mir einen Engel für meinen Papa. Einen Engel mit braunen Haaren, lustigen Sommersprossen und einem lauten Lachen. Weil mein Papa viel zu wenig lacht. Sie soll

Kekse in Kakao tauchen und ihn einfach glücklich machen.

Mein Herz macht einen Satz. Jetzt verstehe ich, warum Jakob mich so angesehen hat, als ich den Keks in die heiße Schokolade getunkt habe.

»Und diesen Zettel habe ich erst gestern Abend erhalten.« Er zeigt mir das Papier, das ich noch vor wenigen Stunden in Flammen aufgehen sah. Meinen Wunschzettel. Nur ein einziges Wort hatte ich darauf geschrieben: *Familie.*

Aber ich habe den Wunschzettel doch verbrannt! Wie in aller Welt kommt Santa dann dazu? Ich starre ihn an und kann es nicht fassen.

»Dein Wunsch ist kurz davor, in Erfüllung zu gehen, Marie. Ich hoffe, es ist okay, dass ich dich duze. Aber so ist es einfacher. Ich habe mich gefreut, dass du mir wieder geschrieben hast, nachdem ich erst deine wütende E-Mail erhalten hatte.«

Meine E-Mail? Warum weiß er davon? Himmel! Kann das sein? Ist er …?

»Diese E-Mail war auch der Grund, weshalb ich dich unter dem Vorwand, meine Biografie zu schreiben, hergelockt habe. Und ich habe auch Niklas hierhergebracht. Ich dachte, ihr solltet euch treffen. Ihr beide wünscht euch das

Gleiche, und ich bin der Ansicht, dass das mit euch funktionieren könnte.« Er lächelt und sieht mich aufmunternd an.

In meinem Kopf wirbeln die Gedanken wie Schneeflocken umher. Das ist doch alles verrückt!

Schon fährt er fort: »Es ist Jahre her, dass du einen Wunschzettel an mich geschrieben hast. Aber glaub mir, liebe Marie, ich habe dich nicht vergessen.« Er nimmt ein goldfarbenes Papier aus der Tasche, und ich erkenne es gleich wieder, obwohl es schon so lange her ist. Ein Wunschzettel, den ich als Kind geschrieben habe. »Du hattest immer verrückte Wünsche, so wie der kleine Jakob. Ich meine, wer schreibt schon *einen riesigen Lebkuchen ablecken*?«

Mein Herz macht einen Satz, als ich an meine erste Begegnung mit Niklas denke, wie ich ihn für einen Lebkuchen gehalten habe. Ein Lächeln huscht über meine Wangen.

»Ach, und dieser Wunsch sollte dich auch interessieren.« Er reicht mir einen weiteren Zettel. Dem Papier nach muss das der Wunschzettel sein, den Niklas gestern Abend geschrieben hat.

Aufgeregt falte ich ihn auseinander. *Ich wünsche mir, dass Marie nicht geht*, lese ich. Tränen des Glücks sammeln sich in meinen Augen.

Und mit einem Mal begreife ich. Es ist, als hätte das Schicksal seine Hand im Spiel – oder vielmehr der …

»Du bist der Weihnachtsmann, oder?«, flüstere ich. »Du bist Santa Claus? Und du bist auch dieser Herr Klaus?«

»Nun, ich werde dir diese Frage nicht mit Ja oder Nein beantworten.« Er zwinkert mir zu. »Aber du bist intelligent genug, um deine eigenen Schlüsse zu ziehen. Und du solltest aufhören, Angst zu haben. Hast du nicht gesagt, du willst dich von der Zukunft überraschen lassen?«

Verdutzt sehe ich ihn an. Woher weiß er das?

»Nun, ich habe meine Ohren überall. Also Marie, worauf wartest du noch? Die Zukunft liegt vor dir.«

Wir sind ein Wunder

Ja, worauf warte ich noch? Diese Frage ist mit einem Mal völlig überflüssig geworden, denn ich sehe nun alles ganz klar. Ich will Niklas nicht verlassen, und ich will Jakob noch besser kennenlernen. Alles, was ich will, liegt doch direkt vor mir, ich muss nur noch handeln.

»Ich danke dir!«, rufe ich Santa noch zu, bevor ich die Beine in die Hand nehme und losrenne. Einfach so, ohne auf mein Gepäck zu achten. Ich hoffe, dass Niklas noch in seiner Hütte ist, und vor allem hoffe ich, dass er mich noch will.

Völlig außer Atem steige ich die Stufen zum Eingang hoch und klopfe an die Tür. Mein Puls rast, meine Wangen glühen, und ein wohliger Schauer durchflutet mich, wenn ich daran denke, dass er mich gleich in die Arme schließen wird.

»Niklas?«, rufe ich und klopfe noch einmal, aber niemand öffnet. Dann lege ich mein Ohr an die Tür und lausche. Es scheint niemand da zu sein.

Das darf jetzt nicht wahr sein! Da möchte man, dass sich Wünsche erfüllen, und dann ... In meinem Bauch fallen die Schmetterlinge wie große Regentropfen zu Boden. Bin ich etwa zu spät gekommen?

Mein Handy klingelt. Ich fische es aus der Tasche und blicke aufs Display. Es ist Adam. Mein Herz verkrampft sich. Warum meldet er sich ausgerechnet jetzt?

Kurz überlege ich, ob ich ihn nicht einfach wegdrücken soll, doch dann gehe ich ran.

»Hallo?«

»Fröhliche Weihnachten, Knutschkugel. Ich bin's, dein Adam.«

Wie bitte? *Knutschkugel*? *Dein Adam*? Nach allem, was passiert ist, wie mies er sich mir gegenüber verhalten hat?

»Bist du noch dran?«, fragt er, weil ich keinen Mucks von mir gegeben habe.

»Hm, ja. Was ist denn? Warum rufst du an?«

»Ach Marie, es tut so gut, deine Stimme zu hören.«

»Aha. Was ist denn mit Evas lieblicher Stimme?«

»Na ja, Eva ... nun, um ehrlich zu sein, ich muss die ganze Zeit an dich denken.«

Ich kann es nicht fassen. Was soll das denn?

»Wie geht es dir?«, will er wissen, und ich habe das Gefühl, dass er mit dieser Frage nur um den heißen Brei herumredet.

»Mir geht es gut«, antworte ich und begreife, dass das die Wahrheit ist. Denn auch wenn ich Niklas nicht angetroffen habe, geht es mir gut. Ich weiß endlich, was ich will, was ich wirklich von ganzem Herzen möchte, und ganz automatisch macht sich ein Strahlen in meinem Gesicht breit.

»Ja? Oh, das ist schön. Denn weißt du, mir geht es gerade ziemlich mies, so ohne dich.«

Das ist doch ein Witz, oder?

»Es ist so, Eva und ich, wir haben uns getrennt. Und weißt du warum?«

Weil sie dich betrogen hat, denke ich schadenfroh, spreche es jedoch nicht laut aus. Stattdessen frage ich ganz unschuldig: »Nein, warum denn?«

»Weil du mir fehlst. Ich vermisse dich unheimlich, Knutschkugel. Dich gehen zu lassen, war der größte Fehler meines Lebens.«

Das zu hören, ist merkwürdig, irgendwie eine Genugtuung, und jetzt weiß ich noch mehr als zuvor, dass ich über ihn hinweg bin. Endgültig.

»Nun, was sagst du?«, fragt er. »Ist das nicht toll? Ich erfülle dir deinen größten Wunsch und komme zu dir zurück. Du hast echt ein Glück.«

Ich muss grinsen und strecke übermütig die Zunge heraus. Der Typ ist echt durchgeknallt.

»Tut mir leid, Adam, aber ich habe mittlerweile einen anderen Wunsch zu Weihnachten, einen wirklich richtigen Wunsch, und ich muss jetzt dafür sorgen, dass er sich erfüllt. Also mach's gut!«

Dann lege ich auf und kann nicht glauben, wie cool ich gerade gewesen bin. Ich könnte vor Freude tanzen und drehe mich einmal im Kreis herum.

Plötzlich durchfährt es mich wie ein Blitz. Da steht er. Niklas.

»Hey Marie.«

»Hey. Du bist ja doch da.«

Er sieht auf mein Handy, und ich merke, dass er zu gerne wissen möchte, mit wem ich gerade telefoniert habe.

»Ach, das ... das war Adam.«

Er nickt, und sein Blick verändert sich. »Oh, okay.«

Rasch spreche ich mit fester Stimme weiter: »Er glaubt im Ernst, dass ich mir nichts sehnlicher wünsche, als dass er zu mir zurückkommt. Er war so davon überzeugt, mir damit eine Freude zu machen. Aber das kann er vergessen, denn ich habe nur einen einzigen Wunsch.«

»Und der wäre?«

»Du«, flüstere ich, und meine Wangen glühen.

Mit einem Mal kehrt das Leuchten in seine Augen zurück. »Ehrlich? Und warum hast du deine Meinung geändert?«

»Zum einen habe ich den Weihnachtsmann getroffen. Er hat mir gezeigt, was du dir gewünscht hast.«

»Er hat dir meinen Wunschzettel gezeigt? Verstößt das nicht gegen die weihnachtliche Schweigepflicht?« Er grinst.

»Vielleicht, aber ich bin froh, dass er es getan hat. Denn weißt du, ich habe irgendwie gar nicht mehr erkannt, dass die kleinen Wunder direkt vor uns passieren. Und außerdem will ich nicht mehr ständig vor allem Angst haben. Ich will mich von der Zukunft überraschen lassen, von einer Zukunft mit dir – auch wenn ich mir eigentlich immer sicher war, dass es mit uns beiden nicht funktionieren kann, dass es besser ist zu gehen. Aber weißt du was? Ich will daran glauben, dass es klappt.« Ich hole tief Luft. »Aber das ist nicht alles. Was am allerwichtigsten ist: Ich habe gemerkt, dass ich mich in dich verliebt habe, auch wenn ich das eigentlich gar nicht wollte. Aber es ist so, und deswegen finde ich, dass wir es miteinander versuchen sollten. Und wenn es dir recht ist, dann würde ich gerne mit euch Weihnachten feiern. So als kleine Familie, wie ich es mir immer gewünscht habe. Was meinst du?«

Er sieht mich an und zieht eine Augenbraue nach oben. »Na ja …«

Oh Gott, er wird doch nicht Nein sagen? Ich halte die Luft an, vergesse zu atmen.

»Nun, weißt du …« Er kommt näher, bleibt direkt vor mir stehen, und seine zuckergussgrauen Augen liegen liebevoll auf mir. Sanft streicht er über meine Wange. »Marie, du verrücktes Mädchen, das nicht ist wie all die anderen, was ist das denn für eine Frage? Natürlich will ich! Du würdest mir damit auch einen Herzenswunsch erfüllen.«

Er umschließt mich mit seinen starken Armen, zieht mich an sich und küsst mich zärtlich auf den Mund. Dieser Kuss raubt mir den Atem, denn er ist so voller Liebe. Meine Lippen öffnen sich ihm, während ich mich in diesem wunderschönen Moment verliere.

»Marie, du bist ja noch da!«, höre ich es auf einmal rufen, und Jakob biegt mit Nina um die Ecke.

Ein wenig verschämt löse ich mich von Niklas und streiche mir die Haare aus dem Gesicht. »Ja, und ich bleibe auch, wenn ich darf.«

»Juhu, das ist so toll! Wir feiern zusammen Weihnachten!« Voller Freude springt Jakob im Schnee herum, und mein Herz wird ganz warm. »Wisst ihr, was wir jetzt machen?«, fragt er, als er völlig außer Atem stehen bleibt. »Wir bauen einen Schneemann.«

Sofort fängt er an, eine Kugel aus Schnee zu formen, und uns drei Erwachsenen bleibt nichts anderes übrig, als mitzumachen. Und tatsächlich, es macht riesigen Spaß, zusammen herumzutollen.

Als wir die größte Kugel fertig haben, sieht Niklas mir tief in die Augen. »Weißt du, was mich mir jetzt wünsche?«

»Was denn?« Meine Stimme ist nur noch ein Hauch.

»Dass du auch noch über Silvester bleibst.«

Ich drücke seine Hand ganz fest. »Wenn du willst, bleibe ich sogar noch länger.«

Ja, eines habe ich gelernt: Ich hatte immer so große Angst, dass meine Wünsche unerreichbar sind. Aber jetzt habe ich festgestellt, dass Wunder geschehen, wenn wir daran glauben. Am

Ende haben wir es selbst in der Hand, sie zu erkennen und dafür zu sorgen, dass sie sich erfüllen.

Und nun, nachdem ich endlich meine Ängste losgelassen habe, erkenne ich, dass ich durch den Umweg mit Adam erst auf die richtige Spur gekommen bin.

Ende – und doch erst der Anfang …

Ihr Lieben,
ich wünsche euch von Herzen eine schöne Weihnachtszeit. Mögen sich alle eure Wünsche erfüllen. Glaubt an die kleinen Wunder und öffnet eure Herzen dafür. Genießt die Zeit mit euren Lieben und lasst einfach mal die Seele baumeln. Wir haben viel zu selten noch Ruhe und Entspannung. Also beschenkt euch selbst damit.
Danke für ein tolles Jahr. Auf ein Neues!

Eure Michelle

Kein Horizont ohne Licht

Hanna ist glücklich. Meistens. Außer wenn sie sich Erinnerungen an Josh erlaubt – ausgelöst durch den Klang einer Gitarre, den Geruch von Leder oder wenn Lichter die Dunkelheit erhellen. Doch von Josh will sie nicht mehr träumen. Fast zwanzig Jahre ist es her, dass der Junge, der damals die Welt für sie bedeutete, sie in den Scherben ihres jungen Lebens zurückgelassen hat.

Ihm zu verzeihen, kommt also überhaupt nicht für sie infrage. Wäre da nicht Mo, der Mann, der wie ein Vater für Hanna und Josh war und der die beiden auf eine Reise in ihre Vergangenheit mitnimmt – bis sie erkennen, wie wichtig es ist, das Licht am Horizont nicht zu verlieren.

Emotional und warmherzig. Eine berührende Geschichte über den Wert der Erinnerungen und die Suche nach dem Glück.

Michelle Schrenk
Kein Horizont ohne Licht
ISBN 9783942790345

Kein Himmel ohne Sterne

Emma Morgen würde lieber zum Zahnarzt gehen als zurück an den Ort, dem sie einst den Rücken gekehrt hat. Aber ein Todesfall zwingt sie dazu, sich und ihr schlechtes Gewissen in den Zug gen Heimat zu setzen.
Und so steht sie bald vor dem Mann, den sie vor langer Zeit aus ihrem Leben radiert hat und der ihr Herz auch heute noch schneller klopfen lässt.
Jannik ist Single, noch genauso charmant und humorvoll wie früher – und zu allem Überfluss bewohnt er das Haus, das sie beide sich früher immer in ihren Träumen gewünscht hatten.
Aber gibt es im Leben eine zweite Chance?
Und ist Emma bereit, den Preis dafür zu zahlen?

BILD-Bestseller im Bereich Belletristik
Nummer 1 Amazon-Bestseller

Michelle Schrenk
Kein Himmel ohne Sterne
ISBN 9781520830025

Wann immer ich die Sonne sehe

Wann immer du die Sonne siehst, bin ich bei dir. Achte auf die Zeichen, dann findest du selbst in der tiefsten Schwärze der Nacht eine helle Sonne.

Mia ist sauer auf das Leben, schließlich hat es ihr Kai genommen, ihre große Liebe. Überhaupt glaubt sie weder an Zeichen noch daran, dass die Sonnenkette, die Kai ihr hinterlassen hat, in der dunklen Zeit für sie leuchten kann. In dem Glauben, alles im Leben verloren zu haben, vergräbt sie sich in ihrer Trauer.
Doch dann erhält sie einen Brief mit einer Aufgabe, die nicht nur Hannes mit seinen warmen braunen Augen in ihr Leben bringt, sondern alles von Grund auf verändert. Auf der Suche nach der Sonne geschehen einige Wunder. Doch ist Mia wirklich bereit, ihr Herz dafür zu öffnen? Und gibt es im Leben eine zweite Chance auf Glück?

Michelle Schrenk
Wann immer ich die Sonne sehe
ISBN 9783942790307

Der Weg zwischen den Sternen

Es waren einmal ein Mädchen und ein Junge, die sich versprachen, für immer zusammenzubleiben. Doch alles kam ganz anders …

Zehn Jahre sind vergangen, als Josy und Tim sich zufällig wiedertreffen. Josy ist inzwischen Angestellte in einer Werbeagentur, obwohl sie immer Fotografin werden wollte. Tim hingegen hat seinen Traum wahr gemacht, reist durch die Welt, schreibt darüber Berichte und betreibt erfolgreich sein eigenes Blog. Das unverhoffte Wiedersehen bringt Josys Gefühlswelt gehörig durcheinander, denn sie ist nicht mehr dieselbe wie einst mit siebzehn. Zusammen begeben sich die beiden auf eine Reise, die sie damals nicht beenden konnten …

Ein Buch über die große Liebe, über Träume und den Weg zwischen den Sternen, der alles miteinander verbindet und uns zeigt, dass die schönsten Märchen das Leben selbst schreibt.

Michelle Schrenk
Der Weg zwischen den Sternen
ISBN 978-3-942790-23-9

A Place to Remember – Emily & Noah

Mein Beitrag zur Reihe *London Love Stories*

Emily Glow hat die Nase voll. Seit Jahren hofft sie darauf, dass der Zauber der Liebe endlich auch zu ihr findet. Doch als ein vermeintlicher Traumprinz erneut ihre Gefühlswelt in Scherben legt, beschließt sie, dem Zauber ein für alle Mal abzuschwören. Zu dumm, dass sie gerade jetzt einen Zeitungsartikel zu diesem Thema verfassen muss und bereits mitten in der Recherche steckt. Was verbirgt die kleine Schneekugel, die Emily zusammen mit einem Brief in dem hübschen Antiquitätengeschäft »A Place to Remember« in London entdeckt? Und ist es wirklich nur Zufall, dass dort Noah arbeitet, der sie mit seinen grünen Pfefferminzaugen völlig aus dem Konzept bringt?

Gemeinsam machen sich Emily und Noah auf die Suche nach dem Geheimnis der Kugel. Sie ahnen jedoch nicht, dass deren Geschichte auch ihr Leben verzaubern wird.

Eine romantische Geschichte von der Liebe, ihrer Magie und der Hoffnung auf den ewigen Zauber, der uns alle umgibt.

Michelle Schrenk

A Place to Remember – Emily & Noah

ISBN 978-3741275-25-8

Der Zauber des ersten Schnees

Das Vorgängerbuch zu *A Place to Remember*

»Was würdest du dir wünschen, wenn jetzt der erste Schnee des Jahres vom Himmel fällt?«

Über dreißig Jahre ist es her, doch Elli hat diesen Satz nie vergessen. Er ist der Schlüssel zu einem Geheimnis, das sie seit Ewigkeiten in ihrem Herzen trägt.
Als der erste Schnee des Jahres vom Himmel fällt, ist es an der Zeit, ihre Tochter Anna einzuweihen und ihr die Geschichte von ihrer großen Liebe Leo zu erzählen. Denn Anna hat den Glauben an sich und ihre Träume aufgegeben.
Doch Elli weiß: Solange es Liebe gibt, wird es auch Zauber und Wunder geben. Sie selbst hat solch ein Wunder erlebt, und das hat ihr Leben für immer verändert.

Eine wunderbare Geschichte über die magische Kraft der Liebe und den Zauber des ersten Schnees.

Michelle Schrenk
Der Zauber des ersten Schnees
ISBN 978-3-942790-18-5

Die Suche nach dem verlorenen Stern

Ein traumhaftes Mutmachbuch

Es ist ein merkwürdiger Tag, ein ungewöhnlicher Tag, als plötzlich in dem Örtchen Schwarzweiß einfach so ein kleiner Junge auf der Straße liegt.

Träumer nennen die Leute ihn auch noch Jahre später. Träumer, weil er anders ist, weil er Fragen stellt. Doch anders sein kann so schwierig sein, und als der Träumer beschließt, seine Träume aufzugeben, ist die Hoffnung nicht weit und nimmt ihn mit auf eine traumhafte Reise zu sich selbst …

Ein bezauberndes Mutmachbuch über das Wahrwerden von Träumen und die Chance, darin unseren eigenen Weg zu finden.

Michelle Schrenk
Die Suche nach dem verlorenen Stern
ISBN 978-3-942790-05-5

Printed in Poland
by Amazon Fulfillment
Poland Sp. z o.o., Wrocław

52506951R00099